EL BESO DEL GRIEGO

Sharon Kendrick

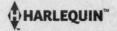

D1225569

HARLEQUIN™

Editado por Harlequin Ibérica.
Una división de HarperCollins Ibérica, S.A.
Núñez de Balboa, 56
28001 Madrid

© 2018 Sharon Kendrick
© 2019 Harlequin Ibérica, una división de HarperCollins Ibérica, S.A.
El beso del griego, n.º 2711 - 10.7.19
Título original: The Greek's Bought Bride
Publicada originalmente por Harlequin Enterprises, Ltd.

I.S.B.N.: 978-84-1328-118-6
Depósito legal: M-17723-2019
Impreso en España por: BLACK PRINT
Fecha impresion para Argentina: 6.1.20
Distribuidor exclusivo para España: LOGISTA
Distribuidor para México: Distibuidora Intermex, S.A. de C.V.
Distribuidores para Argentina: Interior, DGP, S.A. Alvarado 2118.
Cap. Fed./Buenos Aires y Gran Buenos Aires, VACCARO HNOS.

Lástima.

Mientras se metía el móvil en el bolsillo, ella alzó la cabeza y vio que la miraba, y una chispa de algo poderoso se produjo entre ambos; una chispa de deseo sexual que silbó en el aire casi de forma audible. Los magníficos ojos de ella se abrieron más, incrédulos. Él observó que los pezones se le marcaban bajo la camiseta, y la entrepierna se le endureció como reacción.

A veces, el destino te deparaba algo que ni siquiera sabías que deseabas, pensó Xan.

Era él.

No había duda.

¿Qué probabilidad había?

Tamsyn consiguió, con esfuerzo, no abrir la boca de asombro. Se esperaba que en el aeródromo hubiera gente rica e importante para tomar el vuelo con destino a Zahristan, pero no había prestado atención al resto de los invitados mientras los conducían a la sala de embarque. Solo pensaba en el hecho increíble de que su hermana, Hannah, fuera a casarse con un rey del desierto y a convertirse en reina.

Y, a pesar de que Hannah estaba embarazada del jeque, y de que semejante unión carecía de sentido en muchos aspectos, Tamsyn había conseguido reprimir su disgusto ante la boda, porque, en su opinión, el hombre con el que su hermana iba a casarse era arrogante y autoritario, y parecía que elegía a amigos de las mismas características.

Miró de reojo al multimillonario griego, sentado en un sofá al otro lado de la sala. Su traje de excelente corte no disimulaba la magnificencia de su musculoso cuerpo.

Xan Constantinides, un nombre inolvidable para un hombre inolvidable.

¿La recordaría él?

Tamsyn rogó en silencio que no lo hiciera.

Al fin y al cabo, su brevísimo encuentro se había producido hacía muchos meses. ¿Por qué se le había ocurrido transmitir un mensaje de solidaridad femenina a la mujer que el magnate estaba a punto de abandonar en la coctelería en que ella trabajaba? Al menos hasta que había dejado de hacerlo, como era predecible.

Se había fijado en Xan Constantinides en cuanto había entrado. A decir verdad, todos lo habían hecho, porque era un hombre carismático, que irradiaba poder, pero que parecía no darse cuenta del interés que despertaba. Ellie, una de las camareras y la mejor amiga de Tamsyn, le había dicho que era un constructor multimillonario que estaba considerado el soltero más cotizado de Grecia.

Pero Tamsyn no había prestado atención a su amiga mientras le susurraba el dinero que tenía y el número récord de mujeres con las que se había acostado para, después, librarse de ellas de manera cruel. Su presencia física lograba que su riqueza pareciera casi insignificante. Ella no se dedicaba a mirar a los clientes más guapos, pero aquel era el más atractivo que había visto. A su hercúleo cuerpo se unía el cabello oscuro, unos ojos azul cobalto y unos labios sensuales y crueles a la vez.

Era un hombre que desprendía peligro. Y ella era muy sensible al peligro, una característica que se había cernido sobre su problemática infancia como una porra invisible, esperando un descuido de ella para golpearla en la cabeza. Por eso huía de él como de la peste.

Recordó que se había tambaleado levemente sobre sus zapatos de tacón al dirigirse a donde estaba sentado el magnate griego con una bellísima mujer, que sollozaba.

–Por favor, Xan –decía con voz temblorosa–. No lo hagas. Ya sabes cuánto te quiero.

–Pero a mí no me interesa el amor. Te lo dije al principio. Te expliqué cuáles eran mis condiciones y que no cambiaría de opinión. Y no lo he hecho. ¿Por qué os negáis las mujeres a aceptar lo que tenéis delante de las narices?

Aquella conversación había puesto furiosa a Tamsyn. «¿Condiciones?». Él hablaba como si se tratara de un acuerdo económico, no de una relación, como si su preciosa acompañante fuera un objeto, no una persona.

Su indignación había aumentado mientras esperaba a que el barman preparara los cócteles. Cuando volvió, vio que Xan Constantinides la miraba. Y no supo lo que la había molestado más: que la examinara como alguien que acababa de ver un coche y estaba pensando si montarse en él o no, o que su cuerpo reaccionara a aquel arrogante escrutinio de una forma que no le gustó.

Recordó la peculiar sensación en el bajo vientre de que se estaba derritiendo y el cosquilleo en los senos. Recordó los ojos de él recorriéndola de arriba abajo, sin importarle la mujer que tenía a su lado, que se esforzaba en no llorar.

Y se encolerizó. Todos los hombres eran iguales. Solo tomaban, nunca daban, a no ser que se vieran acorralados. E incluso entonces hallaban la manera de escaparse. No era de extrañar que ella los mantuviera a distancia.

Con una sonrisa de ánimo había dado su bebida a la mujer, pero al agarrar el cóctel del hombre de la bandeja se había cruzado con su mirada burlona.

Después se dijo que no había inclinado la copa a propósito para que se derramara sobre la mesa y le cayera a él en el muslo, pero no podía negar la satisfacción que le produjo ver que él se echaba ligeramente hacia atrás, antes de que la mujer entrara en acción con la servilleta.

Poco después la despidieron. El gerente le dijo que había habido otras cosas, pero que derramar una bebida sobre uno de los clientes más importantes había sido el colmo. No estaba hecha para un trabajo que requería mantener siempre la calma, y había reaccionado de manera inadecuada. Se preguntó si Xan Constantinides había sido el causante de su despido, del mismo modo que ahora se preguntaba si la recordaría.

Por favor, que no se acordara.

—El embarque va a comenzar. El avión real despegará dentro de media hora con destino a Zahristan.

Tamsyn se inclinó para agarrar la mochila y se levantó. Daba igual que él la recordara. Iba a viajar por una razón: estar con Hannah el día de su boda, a pesar de sus dudas sobre el novio que había elegido. Aunque había intentado disuadir a su hermana mayor de aquel casamiento totalmente inadecuado, ella había hecho oídos sordos, probablemente porque iba a tener un hijo del rey y él deseaba un heredero legítimo.

Tamsyn suspiró. Había hecho todo lo posible para hacer cambiar de opinión a Hannah, por lo que debía aceptar lo inevitable.

Se echó la mochila al hombro y se puso detrás del resto de los pasajeros, muchos de los cuales parecían conocerse, mientras pensaba que aquel no se parecía a ningún otro viaje que hubiera realizado. Siempre había viajado en vuelos baratos, con espacio muy reducido, lo que no iba a ser el caso en aquel. Las azafatas parecían modelos y saludaban con cortesía a los pasajeros mientras les hacían gestos de que avanzaran.

De repente, Tamsyn oyó detrás de ella una resonante voz con mucho acento extranjero. Notó que se le secaba la garganta. La había oído una vez, cuando había maldecido en voz alta en griego, antes de preguntarle a qué estaba jugando. Y la volvía a oír ahora, mientras el magnate griego se ponía a su lado.

Tamsyn miró sus fríos ojos azules y deseó que el corazón dejara de latirle con tanta fuerza y que se le dejaran de endurecer los pezones, de forma tan evidente, bajo la camiseta. Pero sus sentidos se negaron a obedecerla, mientras él dominaba su campo de visión.

Observó que su piel aceitunada brillaba bajo los puños de su camisa blanca. Y que olía levemente a madera de sándalo, pero sobre todo a pura masculinidad. Le pareció que absorbía todo el oxígeno que los rodeaba, ya que a ella le costaba respirar.

Era la personificación de la vitalidad y el dinamismo, pero también había en él algo oscuro, algo inquietante.

Tamsyn se sintió vulnerable al mirarlo, lo cual la asustó. Porque ella no era vulnerable, del mismo modo que no reaccionaba ante los hombres, sobre todo ante un hombre como aquel. Era su sello característico. Bajo su fiera fachada latía un corazón de hielo, y pretendía que siguiera siendo así.

Se dijo que no debía sentir pánico. Los pasajeros iban avanzando y pronto estaría a salvo en el avión, sentada lo más lejos posible de él. Si hubiera sido un vuelo comercial, habría podido no hacerle caso, pero no era un vuelo comercial. Todos eran invitados a la boda real, por lo que no se podía mostrar grosera.

Pero sí fría. No tenía que comportarse de forma amistosa. No le debía nada. Ya no era una camarera servil y podía decir lo que quisiera.

–Vaya, vaya –murmuró él en un inglés impecable mientras se sacaba el pasaporte del bolsillo interior de la chaqueta–. ¡Qué casualidad verte aquí!

–Perdona, ¿nos conocemos?

–Sí, a menos que tengas una doble. Eres la camarera que me tiró un cóctel encima el verano pasado. Seguro que te acuerdas.

Tamsyn estuvo tentada de decirle que no lo recordaba, fingir que no lo había visto en su vida, pero se temía que él se diera cuenta de que mentía. Nadie se olvidaría de haberse cruzado con un hombre como Xan Constantinides. Lo miró fijamente.

–No lo he olvidado.

–Pensándolo después, me pregunté si tenías la costumbre de verter las bebidas sobre tus clientes.

Ella negó con la cabeza.

–No, no me había pasado nunca.

–¿Solo conmigo?

–Solo contigo.

–Entonces, ¿lo hiciste aposta?

–Creo que no.

–¿Crees que no? –estalló él–. ¿Qué respuesta es esa?

Tamsyn lo miró a los ojos y, de repente, quiso que lo supiera, porque tal vez nadie le hubiera dicho que una mujer no era algo de lo que te deshacías como si lanzaras una prenda que ya no te gustaba al contenedor.

–No voy a negar que me dio pena la mujer a la que ibas a dejar.

Él frunció el ceño como si no recordara a quién se refería, como si estuviera repasando la lista de candidatas que pudieran encajar. De pronto, se le iluminó el rostro.

–¡Ah! –exclamó antes de fruncir el ceño de nuevo–. ¿Cómo que te dio pena?

Ella se encogió de hombros.

–Estaba muy alterada, cualquiera se hubiera dado cuenta. Pensé que podías haberlo hecho con más amabilidad, en un lugar privado.

Él soltó una carcajada de incredulidad.

–¿Me estás diciendo que me juzgaste negativamente basándote en unas cuantas palabras de una conversación?

–Sé lo que vi. Ella parecía muy alterada.

–Lo estaba. Nuestra relación se había acabado, pero se negaba a aceptarlo. Y ese día tenía que quedarle claro. Hacía semanas que no nos veíamos cuando me pidió que fuéramos a tomar algo. Acepté. Y le dejé muy claro que no podía darle lo que quería.

Sus palabras despertaron la curiosidad de Tamsyn, contra su voluntad.

–¿Y qué era eso?

Él sonrió brevemente, lo que hizo que una empleada del aeródromo lo mirara arrobada.

–Que nos casáramos, por supuesto. Me temo que es un efecto secundario cuando se sale con mujeres. Siempre quieren pasar al siguiente nivel.

Tamsyn tardó unos segundos en contestar.

–¡Vaya! –musitó–. Es lo más arrogante que he oído en mi vida.

–Puede que lo sea, pero es verdad.

–¿A ti nadie te ha dejado nunca?

–Nadie –contestó él con sarcasmo–. ¿Y a ti?

Tamsyn se preguntó por qué estaba teniendo aquella conversación mientras hacía cola para subir a un avión, pero, ya que la habían iniciado, resultaría patético acabarla porque él había mencionado un tema difícil para ella.

No, nunca la habían dejado, pero solo había tenido una relación, que se había apresurado a dar por concluida en cuanto se percató de que su cuerpo estaba tan helado como su corazón. Pero no se lo iba a contar. No tenía que contarle nada, se dijo. Y, en vez de contestarle, le hizo otra pregunta.

–¿Te quejaste de mí al gerente de la coctelería?

–No, ¿por qué?

–Porque me despidieron poco después.

–¿Y crees que fue obra mía?

Ella se encogió de hombros.

–¿Por qué no? Fue lo que le sucedió a mi hermana. El hombre con el que se va a casar hizo que la despidieran.

–Pues, para tu información, yo no lo hice. Tengo suficientes empleados a los que atender como para preocuparme de los de otros, por muy incompetentes que sean.

Él se calló durante unos segundos.

—¿Qué le pasó a tu hermana?

Tamsyn se dio cuenta de que él no tenía ni idea de quién era ella ni de que el jeque había hecho que despidieran a Hannah ni tampoco de que, después de la ceremonia del sábado, este sería su cuñado. Para Xan Constantinides, ella solo era una camarera incapaz de conservar su empleo, lo cual le venía de familia.

—Da igual, no la conoces —respondió con sinceridad, ya que Hannah le había dicho que aún no había conocido a ningún amigo del jeque.

Interrumpió la conversación una sonriente azafata que le indicó su número de asiento. Tamsyn se volvió hacia él con una sonrisa forzada.

—Encantada de haber hablado contigo —afirmó con sarcasmo y vio que los ojos de él se oscurecían.

El corazón todavía le latía aceleradamente cuando se sentó en el avión y sacó un libro que estaba deseando leer: una novela negra que transcurría en Australia, con la que esperaba matar las horas del largo viaje hasta Ashkhazar, la capital de Zahristan.

Sin embargo, no pudo concentrarse en la trama, porque solo pensaba en Xan Constantinides y en la impresión que le había causado. Trató de dormir, sin conseguirlo. Intentó probar la deliciosa comida que le sirvieron, pero no tenía apetito. Pensaba con pesimismo en los días de celebración que la esperaban, cuando una voz interrumpió sus pensamientos.

—¿Supongo que tendrás que trabajar en cuanto lleguemos?

Tamsyn alzó la vista. Xan Constantinides se había detenido en el pasillo, justo a su lado, y se había dignado a hablar con ella.

–¿Trabajar?

–Supongo que por eso estás aquí –murmuró él.

Tamsyn cayó en la cuenta de que creía que iba a trabajar de camarera en la boda.

¿Por qué no iba a pensarlo? No iba vestida como las demás mujeres del vuelo, que llevaban caras joyas y ropa de diseño. Su hermana había querido comprarle ropa antes de la boda, pero ella se había negado, porque Hannah la había ayudado muchas veces y ella se había prometido que ahora debía seguir adelante sola.

¿Por eso estaba él tan seguro de que era una empleada, no una invitada a la boda?, ¿porque llevaba unas deportivas viejas en vez de esos lujosos zapatos de suela roja que todas las demás lucían?

Decidió que se divertiría un poco. Sería impagable que aquel magnate griego se mostrara condescendiente con ella, antes de que descubriera su relación con los Al Diya.

Se encogió de hombros.

–Sí. En un acontecimiento así pagan muy bien y querían que hubiera empleados británicos, además de los del país, para que los invitados ingleses se sientan como en casa.

Él asintió.

–Es muy amable de su parte que te hayan pagado el viaje en este avión.

Tamsyn reprimió una risa indignada. ¡En cualquier momento le preguntaría si era la primera vez que viajaba en avión!

–Lo sé –suspiró–. Esperemos que no me acostumbre a este lujo antes de volver a mi vida de pobreza.

–Esperemos que no –él le dedicó una sonrisa breve y desdeñosa, como si ya se hubiera cansado de ella. Dirigió la mirada hacia las nalgas de una de las azafatas–. Y ahora, si me perdonas, tengo trabajo.

Tamsyn iba a decirle que era él quien había ido a hablar con ella, pero se contuvo mientras él recorría el pasillo del avión. Y no era la única que lo miraba. Todas las mujeres lo observaban mientras se dirigía a la parte delantera del avión. Se fijó, con resentimiento, en sus poderosos hombros y los oscuros rizos de su nuca mientras pensaba que nunca había visto a un hombre tan seguro de sí mismo. Desprendía energía, y a ella la contrariaba el efecto que le producía, sin que siquiera él lo intentara.

Sintió un estremecimiento desconocido y cerró los puños mientras el avión se elevaba en dirección al reino del desierto.

Capítulo 2

TAMSYN se hallaba en el centro de la enorme habitación. La cabeza le daba vueltas al mirar, asombrada, a su alrededor. Sabía que el prometido de su hermana poseía un palacio en el que ella se alojaría durante los festejos nupciales, pero la realidad de estar allí sobrepasaba tanto su experiencia que creía estar soñando.

El techo abovedado estaba recubierto de oro. ¡No había visto tanto oro en su vida! Finas cortinas cubrían las ventanas, que daban a unos jardines sorprendentemente verdes, ya que, al fin y al cabo, aquel país estaba en el desierto.

La cama era enorme, con una colcha bordada y almohadas de terciopelo. Y por todas partes se veían flores en floreros de oro, cuyo aroma se mezclaba con el del incienso que se quemaba en un rincón, en un recipiente incrustado con lo que parecían auténticos rubíes y esmeraldas.

Y en cuanto al cuarto de baño… Tamsyn tragó saliva. Superaba los de los mejores hoteles en que había trabajado. Se pasó varios minutos acariciando el albornoz y contemplando los artículos de cosmética mientras se preguntaba si podría llevarse alguno a casa.

Le había dicho que se marchara a la doncella que la había acompañado, porque tener una doncella la incomodaba. Creyó que estaría sola hasta la hora de la cena, pero llamaron a la puerta. Abrió y miró a la mujer que estaba en el umbral. Llevaba una túnica de seda azul zafiro que le llegaba al suelo, el cabello cubierto con un velo plateado y unos pendientes que imitaban el brillo de sus ojos azules.

Se quedó impresionada al darse cuenta de que había tardado unos segundos en reconocer a su hermana.

–Hannah, ¿de verdad eres tú?

Hannah entró y cerró la puerta, antes de abrazar a Tamsyn.

–Claro que soy yo. ¿Quién pensabas que era?

–Me parece increíble. Estás muy distinta. Pareces una reina de verdad.

Su hermana sonrió.

–Lo seré a partir del sábado.

Tamsyn se quedó inmóvil. La tensión de la voz de Hannah y sus ojeras, ¿eran figuraciones suyas?

–Ya sabes que no tienes que hacerlo.

Su hermana negó con la cabeza.

–No puedo echarme atrás ahora. Debo hacerlo por el bien del bebé.

Tamsyn le miró el vientre. Supuso que la mayoría de la gente no se habría dado cuenta de que estaba embarazada, ya que parecía más bien que acababa de volver de vacaciones y se había extralimitado con el bufé del hotel.

Sin embargo, ella conocía a Hannah mejor que nadie, ya que, durante su infancia, se había portado con ella como una madre, más que como una hermana mayor. Su madre las había abandonado cuando eran muy pequeñas, y tenían padres distintos.

Al pensar en su padre notó un sabor acre en la boca porque había sido un desastre en todos los sentidos. Intentaba no juzgar a los demás hombres por el mismo rasero, pero a veces le resultaba difícil.

Pero la vida era difícil. Ahora entendía por qué Hannah había tardado tanto en hablarle de su padre, aunque ella había estado enfadada mucho tiempo con su hermana por ese motivo.

Sin embargo, no era el momento de hurgar en el pasado. No estaba allí porque quisiera, sino para ayudar a su querida hermana, la única familia que tenía.

–¿Cómo se vive con un jeque? ¿Te trata bien Kulal?

Hannah lanzó una mirada nerviosa a la puerta, como si temiese que hubiera alguien escuchando al otro lado.

–Sí –contestó Hannah con una sonrisa forzada–. ¿Qué tal el vuelo?

Tamsyn vaciló, pero pensó que, la noche antes de su boda, no era el momento de decirle que conocía a Xan Constantinides de antes.

–Muy cómodo. En la cola me tropecé con un magnate griego.

–¿Xan Constantinides?

–Sí –Tamsyn hizo una pausa, pero no pudo callarse el siguiente comentario–. Se lo tiene muy creído, ¿verdad?

Hannah se encogió de hombros.

–Es natural. Ha ganado miles de millones siendo muy joven y tiene la constitución de un dios griego. Parece que las mujeres caen rendidas a sus pies, y supongo que esas cosas a un hombre se le suben a la cabeza. Y, por supuesto, no se ha casado, lo que lo convierte en objetivo de mujeres depredadoras. Supongo que no te habrás enamorado de él, ¿verdad, Tamsyn?

–¡Por favor! –consiguió exclamar Tamsyn con incredulidad–. No me gustan los hombres con un ego como una casa.

–Y espero que tampoco te hayas peleado con él –añadió Hannah, nerviosa.

–Vamos, Han –Tamsyn se encogió de hombros–. Apenas intercambiamos unas palabras.

–Muy bien. Kulal lo tiene en gran aprecio y están negociando juntos un importante acuerdo económico –Hannah se alisó la túnica, lo cual atrajo la atención de su hermana al anillo de diamantes de compromiso–. Pero no hablemos más de Xan y vamos a centrarnos en tu guardarropa.

–¿Mi guardarropa? –Tamsyn entrecerró los ojos con recelo–. ¿Qué le pasa?

–Tammy, ¿qué vas a llevar a la cena de ensayo esta noche?

Tamsyn lo estaba esperando. Bastante malo era ya que Hannah se hubiese transformado en alguien totalmente distinto desde que el arrogante jeque había aparecido en su vida y se la había llevado a su reino del desierto. Apenas se podía creer que la elegante mujer que tenía delante fuera la misma que se ganaba la vida haciendo camas en el hotel Granchester. Pero eso no significaba que ella tuviera que hacer lo mismo.

–He comprado un vestido muy bonito en un mercadillo. Es lo que me voy a poner. ¿Y cuántas veces tengo que decirte que no me llames Tammy?

–¡No puedes llevar un vestido comprado en un mercadillo a una boda real, Tamsyn!

–¿Por qué no?

–Porque… porque… –Hannah echó a andar por la amplia suite–. Para serte sincera, la lista de invitados es sobrecogedora, incluso para mí. Sobre todo para mí –añadió susurrando.

–A mí no me intimida la riqueza ajena –afirmó Tamsyn con orgullo.

–Lo sé, y no hay razón para que lo haga. Es solo que…

–¿Qué? Vamos, Hannah, suéltalo de una vez.

Hannah se detuvo al lado de la maleta abierta de Tamsyn, echó una rápida ojeada y respiró hondo para ocultar su mueca de disgusto, sin conseguirlo.

–No puedes llevar ninguna prenda vieja –dijo con voz suave volviéndose hacia su hermana–. Es mi boda y eres mi hermana. Soy la novia y resulta que el novio es un rey del desierto. La gente va a fijarse en ti, sobre todo porque eres la única familia que tengo.

Tamsyn estuvo tentada de decirle que le daba igual lo que pensaran los demás y que si le apetecía llevar las deportivas con el vestido eso haría. Pero reconoció que cualquier desafío en la forma de vestir perjudicaría a su hermana. Y Hannah había hecho mucho por ella. La había cuidado y protegido en su desgraciada infancia.

¿No le debía algo?

–No tengo ropa bonita –masculló al tiempo que recordaba a la niña que había sido, cuyos compañeros de colegio se burlaban de ella en el patio porque solo llevaba en la fiambrera unos trozos de pan y de jamón.

«Eres pobre», le decían, y a ella le daba vergüenza reconocer que en su familia de acogida el padre se gastaba el dinero en el juego y las mujeres y que la madre era muy débil y no protestaba.

En consecuencia, su educación se había resentido y había acabado la escuela con malas notas, lo que no había sido un obstáculo a la hora de encontrar trabajo. Siempre había tenido problemas de dinero, y no iba a gastárselo en un caro vestido que solo se pondría una vez.

–No soy tonta, Hannah. No voy a fallarte. Aprovecharé lo que tengo lo mejor que pueda, como siempre he hecho.

–Lo sé, pero esto es distinto. No quiero que tú y yo destaquemos más de lo que ya lo hacemos, así que deja que te preste algo de ropa, algo bonito que nunca hayas llevado. Por favor.

Tamsyn se había prometido que no iba a aceptar más caridad de Hannah, por mucho que la asustara el futuro. En su último empleo de camarera le pagaban una miseria y, mientras tanto, el descubierto de su cuenta aumentaba. Para colmo le habían subido el alquiler del piso, que no sabía cómo iba a pagar.

Pensó en las elegantes mujeres con las que había viajado en el avión privado del jeque y en los maravillosos vestidos que estarían sacando de las maletas para la cena de esa noche. Y después pensó en unos ojos azul cobalto y en cómo la habían examinado. Había visto que Xan se fijaba en sus deportivas y la mueca de desdén de sus labios. ¿Fue eso lo que la decidió a aceptar el ofrecimiento de su hermana y a arreglarse para pasar desapercibida, por una vez en su vida?

–Vale, búscame algo que ponerme –dijo mientras echaba una mirada indecisa a la cabeza cubierta de Hannah–. Pero de ninguna manera voy a llevar velo.

Xan se miró en el espejo y se ajustó por última vez la corbata. Se echó hacia atrás el despeinado y oscuro cabello e hizo lo posible por reprimir un bostezo al pensar en cómo iba a sobrevivir a la larga velada que lo esperaba.

Odiaba intensamente esas celebraciones y compadecía profundamente a su amigo por verse obligado a casarse con una camarera inglesa que era una cazafortunas. Hizo una mueca de desprecio.

¿Cómo Kulal, un rey del desierto con una larga lista de elegantes amantes, se había dejado engañar por el truco más viejo del mundo?

No se había anunciado oficialmente, pero no había que ser matemático para darse cuenta de que una boda apresurada entre uno de los jeques más importantes de la zona y una plebeya desconocida se debía a que había un bebé a punto de nacer. Se preguntó si la camarera lo había atrapado deliberadamente y, si había sido así, ¿cómo iba su amigo a soportar ese engaño todos los años que le esperaban?

Pensó en su futura boda con Sofia y comenzó a darse cuenta de que era digna de elogio, ya que era una mujer dulce y poco exigente. No se la imaginaba intentando atraparlo quedándose embarazada, probablemente porque dudaba que ella consintiera en tener relaciones sexuales antes del matrimonio. Llevaba meses sin ver a su prometida oficial y sabía que no podía seguir aplazando la boda.

Hasta aquel momento había sido un acuerdo confidencial entre dos familias, pero cuantas más largas diera él, más probabilidades había de que la prensa se enterara. Al pensarlo, apretó los dientes. Iniciaría el cortejo formal cuando se fuera de allí, después del fin de semana, y la boda sería a mediados del año siguiente.

De momento, seguía siendo un hombre libre. Contra su voluntad, sus pensamientos derivaron hacia la lujuria, ya que hacía meses que no se había llevado a una mujer a la cama.

Era discreto en sus relaciones, por motivos obvios, y nadie fuera de las dos familias sabía que estaba prometido a una hermosa joven griega. Su reciente abstinencia sexual no se debía a que no hubiera tenido oportunidades, sino a que estaba harto y aburrido de las atenciones de mujeres depredadoras que intentaban sacar tajada.

Frunció el ceño ante su imagen en el espejo antes de darse la vuelta. La prensa no contribuía a su esfuerzo por pasar desapercibido, y algunos periódicos estaban obsesionados por saber cuándo se casaría. ¿Era esa clase de especulaciones la que había llevado a las mujeres a perseguirlo?

Él no había tenido nunca que perseguir a una mujer. Eran ellas las que se le acercaban en enjambres, como las moscas a la miel. Disfrutaba de algunas de ellas, pero siempre les dejaba claro que no tenían futuro con él, aunque sin explicarles por qué.

Llegó un criado para conducirle a la cena previa a la boda. Xan pronto se percató de la emoción del ambiente, a medida que la ceremonia se acercaba. Altas antorchas ardían en el patio y a lo lejos se oía una música desconocida. Siguió al criado por pasillos que olían a jazmín y gardenias, iluminados por candelabros de oro y plata, hasta ocupar su sitio en un enorme salón de baile que no había visto en su visita anterior.

Había estado en Zahristan otra vez, y Kulal lo había llevado al desierto a que viera los modernos paneles solares que habían concebido los científicos del país y en cuya fabricación Xan había invertido mucho dinero. En ese viaje había cabalgado en un magnífico semental y había acampado con Kulal en una opulenta tienda beduina. Recordó que había pensado que su poderoso amigo tenía el mundo a sus pies y, sin embargo, ahora lo habían acorralado y estaba atrapado en una relación que, en realidad, no deseaba.

¿Acaso no le sucedía lo mismo a él?

No. Su prometida era todo lo que un hombre podía desear. Él no iba hacia el futuro con los ojos cerrados, guiado por el azar o la ignorancia. No habría secretos vergonzosos que Sofia hubiera querido ocultarle, porque la conocía de toda la vida. Era pura, hermosa y… Tensó los labios ante un pensamiento no deseado.

«La química llegará después».

La mayoría de los invitados ya se hallaba reunida en el salón, que daba a un comedor igual de grande. Las mujeres se paseaban luciendo sus galas, y los hombres, sus trajes oscuros, túnicas o uniformes.

Xan miró a su alrededor buscando a la camarera pelirroja, pero no la vio, por lo que se preguntó si no estaría en la cocina llenando la bandeja. Agarró una copa que le ofreció otra y se la bebió mientras esperaba la llegada de la pareja real.

Y entonces la vio.

Apretó la copa con tanta fuerza que temió quebrar el fino cristal. Soltó el aire lentamente mientras, incrédulo, contemplaba a la rebelde pelirroja, que seguía a la pareja real como si tuviera derecho a ello.

Entrecerró los ojos. No llevaba vaqueros gastados ni deportivas, sino un vestido exquisito de seda color esmeralda, a juego con sus ojos, de diseño sencillo y

discreto, pero que realzaba su figura como no lo hacía el uniforme de camarera.

Xan tragó saliva. Era una mujer muy sensual. Llevaba el cabello recogido y unos pendientes de diamantes y esmeraldas que le rozaban el largo cuello.
Xan notó que se le endurecía la entrepierna. De
pronto, ella volvió la cabeza y lo miró, como si un
sexto sentido le hubiera indicado que la estaba obser-
vando. Un destello de triunfo iluminó sus extraordi-
narios ojos, antes de darle la espalda para ponerse a
charlar con un hombre de uniforme que la devoraba
con los ojos.

Xan se la había imaginado circulando entre los invitados con una bandeja, por lo que aquella inesperada
elevación de estatus lo dejó confuso. Si no era camarera, ¿qué era? Se dirigió a una mujer que se había ido
acercando lentamente a él, de manera predecible.

–¿Quién es la mujer de verde? La que ha entrado
con el jeque y su prometida.

La mujer se encogió de hombros, claramente decepcionada.

–¿Esa? Se llama Tamsyn Wilson. Es la hermana
de la novia.

Xan asintió y, de repente, todo cobró sentido. La
razón de cómo iba vestida en el avión; la razón de que
una camarera se codeara con una de las familias reales
más poderosas del mundo. Por supuesto, era la hermana
de la novia, de la mujer que se había quedado embarazada para que su amigo se casara con ella.

Xan soltó una carcajada. Cómo se debía de haber
reído la pelirroja cuando él había supuesto que viajaba
para trabajar en la boda. La observó mientras pasaba a
su lado sin hacerle caso. Y le hirvió la sangre.

La parecía que los minutos transcurrían con exasperante lentitud. Nunca le había sucedido que la persona con la que más deseaba hablar no le prestara la más mínima atención. Nunca había tenido que esforzarse para que una mujer se le acercara; le bastaba con una breve mirada para que corrieran hacia él con un entusiasmo que a veces bastaba para que el deseo de él se esfumara.

Pero Tamsyn Wilson no le seguía el juego. La observó ladear la cabeza cuando el jeque la presentó a un grupo de gente y vio el interés inmediato en los ojos de los hombres. Echó una rápida ojeada a la colocación de los invitados en la mesa y, satisfecho, vio que ella y él estaban sentados uno al lado del otro. Sonrió al saber que la tendría cautiva a su lado, y después…

Después, ¿qué?

De momento, no había ido más allá, pero la dureza creciente de su entrepierna le daba una idea muy acertada de cómo pretendía que acabara la noche. ¿Por qué no? Todavía no había empezado a cortejar a Sofía formalmente. ¿No era mejor dar rienda suelta a sus deseos para librarse de ellos?, ¿erradicar el desasosiego antes de sentar la cabeza?

Los criados comenzaron a guiar a los invitados al comedor, donde los esperaba una larga mesa y el perfume de innumerables rosas.

Xan se quedó junto a la silla vacía situada al lado de la suya mientras observaba aproximarse a la pelirroja, que no sonreía y que lo miraba desafiante.

–Así que volvemos a vernos –dijo él con suavidad al darse cuenta de que ella no lo iba a saludar llena de alegría.

El rostro de Tamsyn había adoptado una fría expresión.

–Eso parece.

–¿Quieres sentarte?

Ella enarcó las cejas.

–Como la alternativa es comer de pie, supongo que sí.

Su insolencia lo excitaba casi tanto como la curva de sus senos bajo la seda esmeralda. Xan retiró la silla y ella le indicó con la mirada que ese despliegue de caballerosidad era innecesario. Cuando ella bajó las nalgas para tomar asiento, a él se le disparó la presión sanguínea. Al arrimarla a la mesa, le rozó levemente los hombros y tuvo que resistirse al deseo de dejar las manos allí y masajeárselos para eliminar de ellos la tensión que percibía.

–No me habías dicho que eras la hermana de la novia –dijo sentándose a su lado.

–No me lo preguntaste. Te limitaste a asumir que venía a trabajar, ¿no? A servir bebidas. Supusiste que alguien como yo no podía estar invitada.

–¿Era suponer demasiado, dadas las circunstancias? La primera vez que te vi era lo que hacías. Y no me hablaste de tu relación con la novia. Y tendrás que reconocer que no pasabas precisamente desapercibida entre el resto del pasaje. Hasta ahora.

–¿Ahora que mi hermana me ha regalado este vestido que me ha hecho? –preguntó ella con indignación–. ¿Y que me ha obligado a llevar un collar que me aterra pensar que se me pueda caer y perder, lo cual supondría una pérdida de millones de libras para las arcas del país? ¿Te refieres a eso?

Xan tuvo que reprimir una sonrisa.

–No me negarás que esta noche tienes un aspecto muy distinto.

Tamsyn agarró un vaso incrustado de piedras preciosas y dio un sorbo del agua con gas que contenía. No iba a negar que su aspecto fuera distinto, pero, por debajo de su bonito vestido, seguía siendo la misma, la que siempre se sentía fuera de lugar.

Aquella noche, esa sensación era más intensa que nunca. Y no solo porque todos fueran más ricos que ella y parecieran muy satisfechos de sí mismos, sino que a eso se añadía los desconocidos sentimientos que la invadían, difíciles de definir y más aún de comprender. Se preguntó por qué sentía un deseo tan intenso por aquel hombre, a pesar de ser el más arrogante que había conocido; por qué le había parecido que le ardía la piel cuando él le había rozado los omóplatos con la punta de los dedos; por qué tenía los pezones tan duros bajo su elegante vestido.

«Recuerda la superioridad con la que te ha tratado cuando estabais embarcando. Recuerda lo destrozada que estaba aquella preciosa mujer rubia en el bar, cuando le estaba diciendo con frialdad que habían acabado».

Sin embargo, en aquel momento le resultaba difícil pensar en algo que no fuera la sonrisa que esbozaban los labios de Xan. Y se preguntó qué sentiría si él la besara. Desvió la mirada a sus dedos y volvió a sentirse invadida por el deseo, algo totalmente desconocido para ella, ya que no sentía deseo.

Era otro aspecto de su carácter que hacía difícil que encajara. Era un secreto íntimo: a pesar de lo que prometía su aspecto, reaccionaba como un trozo de madera. Se lo habían dicho hombres muy descontentos por su falta de respuesta, hasta que dejó de salir con hombres por completo, ya que la vida era más fácil así.

–No, no voy a negar que tengo otro aspecto esta noche. Supongo que por eso estás hablando conmigo, cosa que evidentemente no quisiste hacer cuando pensabas que no era más que una camarera. ¿O fue la vista de mis deportivas lo que te hizo decidir que no merecía la pena?

Él hizo amago de contestarle, pero cambió de idea y le dedicó una sonrisa tan intensa que Tamsyn creyó que el corazón se le iba a salir del pecho.

–¿Por qué no empezamos de cero? –propuso él tendiéndole la mano–. Soy Xan Constantinides. Es la abreviatura de Alexandros, por si quieres saberlo.

–Me da igual.

–Y tú eres Tamsyn, ¿verdad? –prosiguió él, impertérrito–. Tamsyn Wilson.

Ella apretó los dientes. Antes, él no se había molestado en saber cómo se llamaba. Pero como se había enterado de que era pariente de Hannah, se comportaba de forma muy distinta.

Miró a la pareja real, sentada en una tarima. Hannah sonreía, pero Tamsyn notó que estaba nerviosa. Y como Hannah le había dicho que Xan estaba haciendo importantes negocios con el jeque, ¿no debería intentar ser amable con él, al menos durante la cena?

–Sí, así me llamo –afirmó ella mientras le servían una ensalada de mango y nueces.

–¿Por qué no me hablas un poco de ti?

Ella se preguntó qué diría aquel magnate griego si le contara la verdad: que, si sus padres se hubieran casado, su apellido sería uno de los más memorables del mundo. Pero nunca lo había usado porque no tenía derecho a hacerlo. Lo miró a los ojos y le preguntó:

–¿Qué quieres saber?

Él se encogió de hombros.

–Empecemos por lo evidente. Me has dicho que ya no trabajas en el Bluebird Club.

–Te dije que me habían despedido.

–¿Y a qué te dedicas ahora?

Si no se hubiera sentido tan fuera de lugar, tal vez le hubiera dado conversación, saltándose su vida nómada y fingiendo ser como cualquier otra mujer. Pero no le salían las palabras. Xan Constantinides era demasiado inquietante y tenía unos ojos demasiado penetrantes. Además, ¿para qué iba a tratar de impresionar a alguien que se había dignado a hablar con ella únicamente porque pronto sería pariente del jeque?

–Tengo una vida llena de glamour, no te vayas a creer. Trabajo en un café por la mañana y de reponedora de un supermercado por la noche.

Él frunció el ceño.

–Parecen muchas horas.

–Lo son.

–¿No estás cualificada para hacer otra cosa que no sea trabajar de camarera?

Ella dejó con brusquedad el tenedor que había agarrado, aunque no había probado la comida.

–Pues no. En la escuela, los exámenes no eran lo que más me preocupaba.

–¿Por qué no estudias para hacer otra cosa? –preguntó él mientras tomaba el vaso para beber–. Pareces inteligente.

Tamsyn estuvo a punto de soltar una carcajada, y no solo porque el comentario fuera condescendiente. El problema de los ricos era que no sabían cómo funcionaba el mundo real. Llevaban protegidos tanto tiempo por su riqueza y sus privilegios que no sabían ponerse en el pellejo de otros.

–¿Y quién va a mantenerme mientras lo hago? –preguntó ella intentando que no le temblara la voz–. Mi casero me acaba de subir el alquiler. Y antes de que me digas que me vaya a otra ciudad más barata, te diré que llevo toda la vida viviendo en Londres y que no me imagino viviendo en otro sitio. Hay problemas que no tienen fácil solución, a menos que puedas utilizar mucho dinero para hacerlo, lo cual no es el caso de mucha gente. Bienvenido al mundo real.

Xan se preguntó si ella se daba cuenta de que sus desafiantes palabras la hacían respirar agitadamente, por lo que a él le resultaba difícil apartar la vista de la perfección de sus senos. Hizo un esfuerzo para concentrarse en la copa de vino mientras la giraba entre los dedos.

–Es cierto que he hecho mucho dinero, pero eso no me garantiza una vida sin preocupaciones.

–¿Como que a alguien se le olvide pelarte las uvas o que tu avión privado no despegue a la hora en punto?

–Esa es una respuesta muy predecible, Tamsyn –musitó él–. Estoy casi decepcionado. Me esperaba algo más original.

–Vaya –dijo ella haciendo un mohín exagerado–. El multimillonario está decepcionado, y eso no puede ser, ¿verdad?

Él contempló el brillo de sus ojos verdes y la tensión de su entrepierna aumentó. Se removió en el asiento. Había intentado ser amable, pero ella lo rechazaba y él sospechaba la razón: algo fluía entre ellos, algo potente; una atracción física que él no había sentido nunca con tanta intensidad.

Las mujeres no solían fulminarlo con la mirada como si fuera la encarnación del diablo ni intentaban caerle mal. Suponía que Tamsyn fingía que le desagradaba para ocultar una reacción más profunda, y que sus ojos, que se le habían oscurecido, eran los que decían la verdad.

Sonrió levemente. Ella lo deseaba tanto como él a ella. ¿Por qué no disfrutar del sabor de la libertad por última vez, antes de que el destino le hiciera una seña?

No pretendía pasarse toda la cena discutiendo con ella, no solo porque era aburrido, sino porque conocía bien la psicología femenina. Las mujeres siempre deseaban lo que no podían tener. Y ella debía entender que corría el peligro de que dejara de hacerle caso si seguía mostrándose insolente. La haría esperar, retorcerse de deseo, y cuando ella volviera a acercársele estaría tan excitada que…

La presión de su entrepierna ya le resultaba casi intolerable cuando le dio la espalda y se puso a hablar con la heredera italiana que tenía a su derecha.

Capítulo 3

SOLO era una boda. Unas horas más y podría volver a casa. Eso era lo que Tamsyn se repetía mientras se dirigía al salón del trono, con otro vestido que su hermana había insistido en que se pusiera. No negaba que aquel largo y vaporoso vestido le sentaba bien. A diferencia del espectacular de color esmeralda que había llevado en la cena de la noche anterior, ese era del color gris pálido de un ala de paloma.

Esa noche, las joyas que le habían prestado eran un collar y unos largos pendientes de diamantes. Y al igual que la noche anterior, cuando se había mirado al espejo antes de salir de la suite no había reconocido la imagen reflejada en él.

Ante el mundo parecía elegante y de gustos caros, pero por dentro se sentía contrariada. Y aunque detestaba la causa de su descontento, no podía negarla: Xan Constantinides no la había hecho ni caso durante la cena previa a la boda. Se la había pasado riéndose y gastando bromas en italiano con la bella mujer que tenía al otro lado y haciendo como si ella fuera invisible. Era cierto que había sido muy cáustica, pero aun así…

Se había marchado cuando la cena como tal hubo acabado. Había vuelto a la suite y se había preparado un baño perfumado. Pero se había pasado la mayor parte de la noche dando vueltas en la cama, con la imagen de un hombre de cabello oscuro y ojos azul cobalto en la cabeza. Se había despertado varias veces porque le dolían los pezones y sentía una humedad caliente entre los muslos. Se dijo que debía serenarse y dejar de pensar en el magnate griego, pero no le estaba resultando fácil.

La primera persona a la que vio al entrar en el salón del trono fue a Xan Constantinides, a pesar de que el jeque ya estaba en primera fila esperando a su prometida. A ella, le dio un vuelco el corazón.

Xan estaba…

Tamsyn tragó saliva.

Estaba encantador. Con un traje negro, era el más alto de los presentes. Más inquietante le resultó a ella que él pareciera haber notado su presencia, porque volvió la cabeza y la miró. Y a ella le pareció que sus ojos la aprisionaban y que quería quedarse prisionera en ellos.

Se dijo que se debía concentrar en la ceremonia y fijarse en la novia, que llegaba en ese momento.

Hannah estaba preciosa. El vestido de novia disimulaba su embarazo. Había pedido disculpas a Tamsyn porque no fuera a ser su dama de honor, pero en Zahristan no había esa costumbre. A Tamsyn no le importaba. El matrimonio le parecía una institución caduca, que no solía durar. No sabía por qué no se sustituía por otra cosa más moderna.

Sin embargo, percibió la importancia histórica de los votos pronunciados, aunque Hannah lo hizo en voz tan baja que apenas los oyó. Y aplaudió y vitoreó a los novios, junto con los demás invitados, cuando los declararon rey y reina del país. Y brindó a su salud.

La cena que siguió fue más formal que la de la noche anterior. Tamsyn se dijo que estaba contenta de hallarse sentada entre el sultán de Marazad y un representante del reino de Maraban, de estar muy lejos de Xan Constantinides.

Pero era mentira. Solo pensaba en él, y su cuerpo parecía dispuesto a reflejar sus pensamientos. Le tiraba la piel y parecía que los sentidos se le habían acentuado. El corazón le latía desbocado y tenía la impresión de estar luchando contra algo en su interior.

No había posibilidad de escapar, porque no podía levantarse e irse en medio de la boda real. Intentó charlar cortésmente con los hombres que tenía a cada lado y no mirar a una actriz de Hollywood y a una mujer miembro de la realeza británica que lanzaban risitas de colegiala ante lo que Xan decía.

Sabía que habría baile después de la cena porque se lo había dicho Hannah, pero no tenía intención de ver a las parejas dando vueltas en la pista mientras fingía que estaba muy bien sola. Normalmente lo estaba, sobre todo porque había convertido la autosuficiencia en un arte. No anhelaba tener un compañero, porque únicamente sabía desenvolverse estando sola y porque, de ese modo, nadie la decepcionaría. Además, su experiencia le indicaba que las relaciones eran una pérdida de tiempo.

No obstante, esa noche percibía con intensidad que a su vida le faltaba algo; mejor dicho, alguien. Tal vez fuera por el inevitable sentimentalismo provocado por los votos matrimoniales o porque, al haberse casado Hannah, estaba irremediablemente sola. O porque no había nada que la esperara en Inglaterra, salvo un montón de deudas.

Decidió marcharse discretamente, como la noche anterior. Nadie se daría cuenta. Se levantó y se inclinó a recoger el bolso de Dior que Hannah le había prestado cuando oyó una voz a sus espaldas.

–¿Te marchas?

Ella no tuvo que darse la vuelta para saber quién era. El corazón le golpeaba en el pecho cuando se enderezó y contempló los ojos azul cobalto que la observaban. Recordó que él no había querido hablarle la noche anterior, así que no sabía por qué no continuaba así. Sonrió con esfuerzo.

–Vaya. Nadie debía notarlo.

–¿Dónde vas?

Tamsyn se encogió de hombros.

–A mi habitación.

–Pero la noche es joven.

–Creía que eso ya no se decía –observó ella con los ojos muy abiertos.

Él enarcó las cejas.

–¿Me estas diciendo que es un cliché?

–Creo que eres lo bastante inteligente para darte cuenta tú solo.

Sus miradas se cruzaron. El deseo de flirtear con él la abrumaba. Pero ella no flirteaba. Ni siquiera estaba segura de saber cómo se hacía. Siempre estaba a la defensiva porque los hombres no le caían muy bien y, ciertamente, no se fiaba de ellos. Entonces, ¿por qué estaba jugando a ese juego por primera vez y se sentía a gusto? Se dio cuenta de que deseaba acariciarle las líneas curvas de los labios y… y…

Y debía detener aquello.

Era peligroso, más que peligroso. Se sentía vulnerable, lo cual la aterrorizaba.

–Tengo que irme.

–Aún no –él le puso la mano en el brazo–. Tengo la clara impresión de que debo cambiar tu opinión de mí.

Ella alzó la barbilla y lo miró con agresividad.

–Y eso, ¿por qué?

–Considéralo una propuesta de paz en honor de la boda de tu hermana. Podemos divertirnos un poco. Y el baile acaba de empezar. No puedes marcharte hasta que no hayas bailado una vez al menos.

–No sabía que fuera obligatorio. No pensaba bailar con nadie.

Él esbozó una sonrisa arrogante.

–¿Ni siquiera conmigo?

–Sobre todo, contigo no.

–¿Por qué no, *agapi mu*? ¿No te gusta bailar?

Había bajado la voz y el término cariñoso en su lengua materna lo hacía aún más irresistible. Miró sus ojos azul oscuro. Cuando ella era más joven bailaba en la pista como todos los demás, moviéndose bajo las luces al ritmo que imponía el pinchadiscos. Pero era la primera vez que un hombre guapísimo le pedía bailar en una lujosa pista.

–Porque no es buena idea –respondió ella con una evasiva.

–Deja de resistirte, Tamsyn. Sabes que quieres bailar conmigo –afirmó él mientras le ponía la mano al final de la espalda y la empujaba suavemente hacia la pista.

Ella podía haberlo detenido entonces si no hu-

biera visto que el jeque los observaba desconcertado.
¿Lo sorprendía que fuera a bailar con un invitado tan
distinguido como su rico amigo? Sabía que ella no le
caía bien a Kulal, y el sentimiento era mutuo. De
hecho, habían tenido una bronca antes de la boda,
cuando él se había presentado en casa de su hermana. Pero lo pasado, pasado estaba, sobre todo
ahora que era su cuñado.

Entonces, ¿por qué no demostrar al jeque que podía
comportarse con dignidad y demostrarse a sí misma
que no era una completa inadaptada social? ¿Por qué
no bailar con el hombre más guapo del salón?

Asintió con resolución y dejó que Xan la condu-
jera al salón de baile. Solo un baile, se dijo. Cumpli-
ría con su obligación y se iría.

Pero la vida nunca se ajustaba a los deseos perso-
nales. Al primer baile siguieron un segundo y un
tercero, y, cada uno los acercaba más, de modo que
sus cuerpos parecían pegados el uno al otro.

Y Xan no decía nada, aunque ella tampoco. Tamsyn lo atribuyó al elevado volumen de la música,
pero la verdad era que no se le ocurría nada que decir
que no fuera totalmente inadecuado.

Por ejemplo: «Me encanta cómo haces que me
sienta cuando me estrechas con tus brazos por la
cintura». O bien: «¿Podrías apretarte un poco más
contra mí?».

¿Se daba él cuenta o era ella la que le comunicaba
silenciosamente sus deseos? Porque debía de haber
una razón para que, en un momento dado, Xan creyera que era aceptable que le acariciara la espalda con
la punta de los dedos de un modo que, incluso para
ella, carente de experiencia, le pareció muy íntimo.

Durante unos minutos, dejó que lo siguiera haciendo. Se sentía muy bien. Comenzaba a temblar cada vez que él descendía desde su cuello hasta el final de su columna vertebral. El corazón le latía aceleradamente y el calor de su rostro reflejaba el que sentía en el centro de su feminidad. Sin embargo, lejos de sentirse molesta por el deseo que experimentaba, lo que sentía era un intenso alivio.

Cerró los ojos y apoyó la frente en el hombro masculino. Así que no era frígida. Sentía lo mismo que otras mujeres. ¡Y cómo! Parecía como si hubieran apretado un interruptor y su cuerpo hubiera cobrado vida, de modo que cada fibra de su ser se excitaba con la potente energía de la proximidad de él.

Oyó que le murmuraba algo al oído en griego. Después, él le presionó un muslo con el suyo, como si quisiera separárselos, y el cuerpo de ella obedeció la silenciosa orden. Sus senos se apretaban contra su pecho y las piernas se negaban a sostenerla. Sintió humedad en las braguitas y un insistente deseo de que él le acariciara ahí, que le rozara con el dedo su lugar más íntimo, para aliviar el deseo creciente que amenazaba con hacer que se retorciera de frustración.

Tragó saliva y fue entonces cuando todas las alarmas comenzaron a sonar.

¿Qué estaba haciendo? Tras años de ser más pura que la nieve, ¿de verdad iba a dar un espectáculo indecente en la pista de baile solo porque un hombre estaba tocando las teclas adecuadas?

Apartó las manos de los hombros masculinos y le puso las palmas en el pecho mientras le miraba el rostro.

–¿Qué demonios haces?

A él no pareció molestarle lo más mínimo su furiosa acusación. Se encogió de hombros con despreocupación.

—Creo que es evidente.

—¿Así que ahora estás pendiente de mí, después de no haberme prestado la más mínima atención durante toda la cena de anoche?

—Estabas tan agresiva que eso era lo que te merecías. Pero ¿no habíamos quedado en concedernos una tregua esta noche?

—¿Y esa tregua incluye que te pases de la raya conmigo en un lugar público?

—Vamos, Tamsyn, no seas hipócrita. Me ha parecido que te gustaba —le sonrió—. A mí sí, desde luego. Y la mayoría de los invitados está muy ocupada bailando para observarnos.

Tamsyn negó con la cabeza y notó el roce de los pendientes de diamantes en el cuello. Comprobó, nerviosa, que los tenía bien puestos y que estaban seguros. Lo estaban, a diferencia de ella, invadida por la inseguridad y el miedo. Se sentía como si estuviera pisando un suelo de madera que estuviera a punto de ceder bajo su peso.

Como si Xan Constantinides tuviese la capacidad de despertar en ella algo que llevaba años en estado de letargo.

De repente, el personaje desafiante que había perfeccionado para protegerse de la vida que había llevado su madre corría el peligro de derrumbarse ante sus ojos. La aterrorizaba lo expuesta que él la hacía sentir, como si no fuera más que un montón de terminaciones nerviosas crispadas de deseo. Volvió a negar con la cabeza.

–Mira, no puedo seguir –susurró–. Lo siento. Disfruta de la fiesta. Voy a acostarme. Mañana me espera un largo viaje y tengo turno doble el lunes. Encantada de conocerte, Xan.

Sin añadir nada más, se dirigió a la puerta, consciente de que la gente se la quedaba mirando mientras pasaba deprisa a su lado.

Xan, indeciso, la observó mientras se iba. La voz de la razón le decía que la dejara marcharse, porque era evidente que le iba a causar problemas. Estaba confusa y, además, no era su tipo. Pero el deseo de su cuerpo era más poderoso que la razón. Ninguna mujer lo había dejado plantado.

¿Así había atrapado Hannah al jeque? ¿Poseían las dos hermanas una estrategia sencilla pero efectiva que hacía que los hombres poderosos las desearan?

Como si estuviera hipnotizado, la siguió, fascinado por la curva de sus nalgas, sorprendido de que no mirara atrás ni una sola vez. No lanzó ni una mirada de reojo para ver si la seguía. Y eso también lo excitó. Caminaba con decisión, como si verdaderamente quisiera alejarse de él. Aquello era la caza de la que hablaban otros hombres, pero que él nunca había llevado a cabo.

De repente, ella desapareció de su vista, y la desilusión que experimentó lo pilló desprevenido. Aceleró el paso, dobló una esquina y la vio. El sonido de sus pasos hizo que ella se volviera con el desconcierto pintado en el rostro, como si de verdad la sorprendiera verlo, como si dudara que un hombre fuera a seguirla.

–¿Xan? –dijo con el ceño fruncido.

–Tamsyn –contestó él mientras se le acercaba y

observaba cómo se le marcaban los pezones bajo la tela del vestido. Sintió que la sangre le circulaba más deprisa y, en ese momento, creyó que se moriría si no la poseía.

Vio que sus ojos se habían oscurecido hasta casi parecer negros y que los labios le temblaban indicándole su deseo de que se los aplastara con los suyos. Y lo haría. Se llevaría a aquella gata montesa a la cama y la sometería del modo más satisfactorio posible.

Capítulo 4

EL CORAZÓN de Tamsyn latía desbocado mientras Xan se aproximaba a ella. Sus ojos transmitían una resolución que le llegó muy adentro, excitándola y asustándola a la vez. Quería seguir huyendo, pero era incapaz de moverse.

–Nadie me había dejado plantado en una pista de baile –dijo él con voz ronca.

Ella halló un resto de su ligereza habitual.

–Vaya, pobre Xan. ¿Se ha resentido tu ego?

–No estoy pensando en mi ego, precisamente.

Tamsyn se percató de lo grande y fuerte que parecía y recordó lo que había sentido estando en sus brazos. ¿No había sido la sensación más increíble de su vida?

Carraspeó para desechar el recuerdo.

–Creo que te he dejado claro que estoy cansada y que voy a acostarme. No sé por qué me has seguido por los pasillos, como si fuéramos niños jugando a policías y ladrones.

–Claro que lo sabes –dijo él con suavidad–. Porque te deseo y me deseas. El deseo ha sido mutuo desde que nos vimos, Tamsyn, y, si no hacemos nada al respecto, vamos a enloquecer.

Se produjo uno de esos momentos a cámara lenta, como cuando uno oía algo en las noticias que cambiaba la vida a una persona. Pero esa vez no le estaba ocurriendo a otro, sino a ella. ¡El arrogante multimillonario Xan Constantinides le estaba haciendo proposiciones deshonestas!

Se le secó la garganta, aunque sabía que tenía diversas posibilidades. Podía llamar a un criado. O seguir andando y, aunque él la siguiera, darle con la puerta en las narices. Pero mientras lo pensaba, se dio cuenta de que no lo haría. Aunque no le cayera muy bien a Xan, ni él a ella, era innegable que algo había sucedido cuando la había acariciado en la pista de baile.

La había hechizado, atrapado en una tela de araña mágica. Miró su hermoso rostro, consciente de que tenía la oportunidad de desprenderse de la Tamsyn que se había vuelto crispada y desafiante para sobrevivir y convertirse en otra persona, una mujer dulce, soñadora y distinta.

—Quieres besarme —insistió él—. Lo deseas con desesperación, ¿no es así, Tamsyn?

Ella quiso negarlo, decirle que eso era una tontería, pero no pudo. Lo miró a los ojos con el corazón lleno de aprensión mientras intentaba encogerse de hombros sin conseguirlo del todo.

—Supongo que sí —farfulló.

Él esbozó una sonrisa burlona.

—¿Lo supones? —preguntó mientras le levantaba la barbilla con un dedo—. Nunca había visto menos entusiasmo.

Tamsyn iba a contestarle, pero se quedó sin palabras porque él bajó lentamente la cabeza para ir al encuentro de su boca. Sus labios rozaron los de ella, que temblaban, y a ella le resultó imposible no responder. Le puso las manos en los hombros y él la atrajo hacia sí al tiempo que la besaba con mayor profundidad.

Y Tamsyn se sintió perdida.

La habían besado antes, por supuesto, pero nunca así. Lo único que conocía era la embestida de una lengua y el sabor de una saliva no deseada. No sabía que un beso podía ser como un billete de ida al paraíso.

¿Lo sobresaltó el grito entrecortado que lanzó? ¿Se separó por eso de ella y miró a ambos lados del pasillo antes de tomarla de la mano?

–Ven conmigo.

–¿Adónde?

–¿Adónde crees? –preguntó él con los ojos brillantes de inconfundibles promesas–. Te llevo a la cama.

Sus bruscas palabras deberían haberla conmocionado, peo no fue así, sino que la excitaron. Sintió calor en las mejillas mientras la conducía por interminables corredores. Después intentaría justificar su comportamiento diciéndose que se había desorientado al hallarse en un palacio desierto, lo cual solo se sumaba a la sensación de estar viviendo una fantasía. Como si la verdadera Tamsyn mirara desde arriba a una mujer excitada y sin aliento que se moría de ganas de que el poderoso magnate griego la llevara a la cama.

Su suite era tan lujosa como la de ella, aunque de ambiente mucho más masculino. Decorada en rojos oscuros y dorados, tenía los techos muy altos. En el escritorio, ella vio una pluma de oro incrustada de diamantes. Una pared entera estaba cubierta de cuadros de caballos.

Xan no dijo nada hasta que la pesada puerta se hubo cerrado tras ellos. Al atraerla hacia el calor de su cuerpo, el corazón de Tamsyn comenzó a latir desbocado.

Él le levantó la cabeza.

—¿Dónde estábamos?

Por una vez en su vida, a ella no se le ocurrió una respuesta ingeniosa. Tamsyn observó sus duras facciones y el corazón le saltó de alegría. Sin embargo, no sabía cómo reaccionar ante él. ¿Le horrorizaría saber que era novata? ¿Debía decírselo?

¿Importaba?

Tragó saliva.

¿Por qué iba a importar? ¿Por qué debería decírselo? No era la única virgen del mundo y no tenía que avergonzarse, aunque a veces se sentía un bicho raro por haber cumplido veintidós años sin haber tenido relaciones sexuales. Pero nunca había reaccionado así ante un hombre; ninguno la había hecho sentir de aquella manera. ¿Acaso era un crimen aprovecharse de ello?, ¿sentirse una mujer normal por una vez, no como si estuviera hecha de hielo del cuello hacia abajo?

Intentó recordar lo que él le acababa de preguntar, algo sobre lo que estaban haciendo. Y a ella no se le había olvidado.

—Me estabas besando.

Él sonrió.

—Es verdad —dijo él tomándole el rostro entre las manos y mirándola durante unos segundos antes de buscar su boca con la suya y explorar sus labios a conciencia.

Tamsyn notó que los senos le pesaban bajo el vestido cuando él le acarició un pezón trazando círculos con el pulgar. Ella gimió de placer y apretó los labios contra su cuello. Mientras la mano de él descendía por su vientre, sintió un estremecimiento.

¿Notaba él que quería estallar de placer? ¿Por eso echó la cabeza hacia atrás para observar la rapidez con que ascendía y descendía su pecho?

—Creo que debemos ir a la cama.

Tamsyn no era precisamente obediente, y, cuando alguien le sugería algo, su instinto natural era rebelarse. Pero asintió.

—Muy bien —susurró aferrándose a su cuello—. Vamos.

Xan notó la dureza de su masculinidad contra la tela de los pantalones y maldijo en silencio porque el efecto que ella tenía en él era inequívocamente… urgente. Lo hacía sentir como si tuviera quince años, en vez de treinta y tres. Y estando tan excitado, lo más sensato era moverse lo menos posible. Así que ¿por qué no tumbarla en la alfombra y hacerlo allí mismo? Sería rápido y se libraría de aquel fiero deseo que corría por sus venas como la fiebre.

Sería la solución perfecta, una cópula rápida para aliviar la mutua frustración y, después, seguir cada uno su camino.

Pero la forma de reaccionar de ella convertía en desagradable semejante solución. Se aferraba a él con la misma confianza que un gatito, por lo que no le quedó más remedio que cruzar la habitación llevándola en brazos, lo cual no era su estilo.

Al dejarla al lado de la cama estaba desconcertado, porque Tamsyn no era lo que se había esperado. De hecho, nada de aquello era lo que se esperaba. Lo confundía con mensajes contradictorios. La mujer descarada y espabilada se comportaba de forma casi ingenua.

Él se había imaginado que alguien como ella ya estaría bajándole la cremallera de los pantalones, antes de tomarlo con la mano o con la boca, porque esa era la tendencia del momento en la primera relación sexual. Pero no era así. Ella parecía más preocupada por quitarse los pendientes de diamantes y dejarlos en la mesilla para, después, hacer lo mismo con el collar. Mientras lo hacía, él se colocó detrás de ella y le levantó el cabello para besarle el cuello. Notó que temblaba.

—Te deseo —dijo mientras la giraba para dejarla frente a él.

—¿Ah, sí? —susurró ella.

¿Cómo conseguía parecer tímida de un modo tan convincente? Le bajó la cremallera del vestido y este cayó al suelo. Ella se quedó en ropa interior y él sintió aumentar su deseo. Se inclinó para quitarle los zapatos y cuando se enderezó lo sorprendió lo pequeña que era sin aquellos enormes tacones.

Se quitó la chaqueta y la corbata y las tiró al lado del vestido.

—Desabróchame la camisa.

Los dedos de Tamsyn temblaban al acercarlos al pecho de Xan, porque nunca había visto a un hombre desnudo ni tampoco se había desnudado delante de ninguno. Sin embargo, su miedo instintivo desapareció al tocarle la piel. Él gimió mientras le abría la camisa.

«¿Y ahora qué?», se preguntó mientras contemplaba su pecho desnudo.

¿Notaba él su nerviosismo? ¿Por eso le sonrió al

tiempo que le desabrochaba el sujetador, que se abrochaba por delante, y sus senos caían en sus manos? De repente, sus nervios se esfumaron.

Se retorció cuando le acarició en círculo los pezones con los pulgares, y su excitación aumentó cuando él le puso la mano entre los muslos y echó a un lado la tela húmeda de su entrepierna y le acarició su cálido y resbaladizo centro. Y fue como si estuviera en el paraíso. Sus caderas giraban por sí solas y gemía. Y un deseo más intenso de lo que nunca se hubiera imaginado silenció la parte del cerebro que le decía que tuviera cuidado.

–Xan… –musitó mirándolo a los ojos.

–Estás tan caliente como me imaginaba.

Ella debería haber dicho algo entonces, pero ni siquiera se le ocurrieron las palabras mientras él la tumbaba en la cama y se acababa de desvestir. Y se quedó desnudo. Sintió su cuerpo fuerte y cálido al tumbarse al lado de ella. Sus apasionados besos alimentaban el deseo que crecía en su interior y, de repente, se sintió arder.

Él le besó los senos y el vientre hasta que creyó que iba a volverse loca. Y, cuando él le llevó la mano a su entrepierna, no sintió timidez al tocar su dura masculinidad, sino alegría mientras la acariciaba con la punta de los dedos. Él agarró algo de la mesilla y ella dedujo que se iba a poner protección.

Y ya estaba. Había llegado el momento que creía que nunca llegaría por su falta de reacción y su miedo. Pero, mientras él se colocaba sobre ella y le abría las piernas, no tuvo miedo. Ni siquiera al sentir una breve punzada de dolor. Él se quedó inmóvil. El instinto le indicó a ella que echara hacia delante las caderas para que la penetrara por completo. Cuando su cuerpo se acostumbró a él, la increíble sensación de placer volvió.

Gritó tanto que él volvió a detenerse.

—¿Te hago daño?

—No, en absoluto. Es que… Es maravilloso, Xan.

—¿Ah, sí? Entonces lo mejor es que lo siga haciendo.

La embistió cada vez con mayor profundidad. Ella le clavó las uñas en la espalda mientras notaba que algo iba creciendo en su interior, algo tan delicioso que le parecía que no podía ser mejor. Pero siguió creciendo hasta que ella gritó su nombre, incrédula, mientras se lanzaba al vacío.

Mientras la oía gritar, Xan supo que no podía seguirse conteniendo. Y el clímax lo dejó temblando. Tardó varios minutos en separarse de ella. Quería entender lo que había sucedido, aunque solo pensaba en la locura que acababa de cometer.

¡Había seducido a la cuñada del jeque!

Y, contra todo pronóstico, era virgen.

Observó su magnífico cabello sobre las almohadas. Tenía los ojos cerrados, aunque la experiencia le indicó que no estaba dormida. Supuso que quería que creyera que lo estaba. Pero se hallaban en su habitación y quería respuestas.

—Menuda sorpresa.

Ella abrió los ojos, pero habían perdido su luminosidad. Cuando lo miró, vio que su expresión soñadora era sustituida por su habitual mirada rebelde.

—¿Qué pasa?, ¿que la mujer que habías catalogado como «dispuesta a todo» no ha resultado ser tan experimentada como te esperabas?

–¿No se te ocurrió decirme que era tu primer amante?, ¿que hubiera sido de buena educación hacérmelo saber?

Tamsyn estuvo a punto de soltar una carcajada.

–¿De buena educación? Hasta ahora no hemos sido precisamente educados el uno con el otro. ¿En qué momento tenía que habértelo dicho? Disculparás que no sepa cuál es el protocolo.

–¡Yo tampoco lo sé!

–¿Me estás diciendo que soy la primera virgen con la que has tenido relaciones sexuales?

–Sí.

Se produjo un corto silencio.

–¿Por qué?

–¿Tú qué crees? Que alguien de tu edad haya esperado hasta ahora para tenerlas es indicativo de que tiene expectativas poco realistas.

–¿Como cuáles?

Él se encogió de hombros.

–Esperar un anillo de compromiso es la primera que se me ocurre.

–Eres la persona más arrogante que conozco.

–No lo niego –dijo él sin inmutarse–. Pero al menos no puedes acusarme de no ser sincero.

Pero, en parte, ella deseaba que le hubiera mentido, que le hubiera dicho que había sido maravilloso, que ella era maravillosa y que quería que fuera su novia.

¿Estaba perdiendo el juicio?

Debía enfrentarse a los hechos, como siempre había hecho. Acababa de tener relaciones sexuales, eso era todo. Tal vez no hubiera sido lo más acertado elegir a Xan Constantinides como su primer amante, pero no iba a negar que había estado soberbio.

Y lo que de ninguna manera iba a hacer era lamentarlo. ¿No se arrepentía ya de suficientes cosas para añadir una más a la lista?

¿No podía disfrutar de lo más maravilloso que le había sucedido en la vida, sin sentirse culpable?

Se removió en la cama y la sábana se le deslizó por el cuerpo dejándole un seno al aire. De repente, él le dijo algo en griego y la tomó en sus brazos. Tal vez Tamsyn debería haberse asustado ante la masiva excitación de su masculinidad que le oprimía el vientre, pero no lo hizo, sobre todo porque recordaba lo que acababa de pasar y quería que volviera a suceder.

Alzó la cabeza para ir al encuentro de su boca y sintió un estremecimiento de excitación cuando él buscó a ciegas un segundo preservativo.

Capítulo 5

TAMSYN había oído hablar del «camino de la vergüenza», pero nunca lo había experimentado. El furtivo recorrido desde el dormitorio de un hombre al suyo propio llevando la ropa del día anterior y rogando que nadie se fijara en ella. Pero ¿cómo iba a lograrlo si llevaba un vestido de noche?

Se dio cuenta de que era una ingenuidad pensar que lo conseguiría, ya que, en los pasillos, pasó al lado de innumerables criados, además de tener la desgracia de toparse con un grupo de invitados a la boda, al que uno de los ayudantes del jeque le estaba haciendo una visita guiada a primera hora de la mañana.

El guía se quedó mudo y los componentes del grupo miraron con la boca abierta a Tamsyn, descalza, con el vestido arrugado y los zapatos colgando de una mano, en tanto que en la otra llevaba los pendientes y el collar.

El guía, que tal vez se había percatado de que se trataba de la cuñada del jeque, recobró la compostura, carraspeó y sonrió.

—¿Se ha perdido, señorita?

Tamsyn le dedicó una leve sonrisa. Sí, estaba perdida, pero solo en el sentido emocional de la palabra, y volvió a preguntarse qué la había impulsado a pasar una larga noche de sexo con un hombre al que, instintivamente, consideraba peligroso.

«Lo sabes perfectamente. No has podido controlarte. En cuanto te ha tocado, te has vuelto loca».

Sin hacer caso de las miradas de reojo de los hombres y de las miradas hostiles de las mujeres del grupo, Tamsyn negó con la cabeza con determinación.

–Voy a mi habitación. Hubiera sido una lástima no madrugar para ver salir el sol en el desierto.

No la creyeron, evidentemente, pero ¿qué más daba, si no iba a volver a verlos?

Llegó a la habitación, se quitó el vestido, tiró los zapatos al suelo y dejó las joyas en la mesa, antes de ir al cuarto de baño. La ducha caliente hizo que se sintiera algo mejor, pero no le duró mucho, ya que no dejaban de perseguirla imágenes de la noche anterior, del musculoso cuerpo de Xan penetrando en el suyo, abrazándola…

«Concéntrate en lo que haces», se dijo mientras se cepillaba los rebeldes rizos. Se acababa de poner sus viejos vaqueros y una camiseta limpia, cuando llamaron a la puerta.

Le dio un vuelco el corazón, pero se dijo que debía tomarse las cosas con calma. Si Xan quería su número de teléfono, se lo daría, pero como si no le diera importancia. Aunque no hubiera tenido relaciones sexuales antes, a lo largo de los años había oído a sus amigas hablar de cómo comportarse al día siguiente. Y parecía que la mayor estupidez que una mujer podía cometer era mostrarse entusiasmada.

Esbozó una sonrisa que le desapareció al abrir la puerta y ver que no era Xan quien había llamado, sino la nueva reina de Zahristan, su hermana, Hannah, que entró furiosa sin esperar a que la invitara a hacerlo.

—¿Te importaría decirme qué pasa? —preguntó en tono acusador.

—Podría preguntarte lo mismo —respondió Tamsyn convirtiendo la acusación en un ataque, que era la mejor defensa—. Es el primer día de tu luna de miel, así que ¿qué haces en mi habitación a estas horas de la mañana? ¿No estará preguntándose tu esposo por tu paradero?

Hannah se mordió el labio inferior y Tamsyn se quedó impresionada al ver la desesperación que oscureció momentáneamente sus ojos, porque solía ser una persona alegre, con independencia de lo que le deparara la vida.

¿Acaso el matrimonio de Hannah comenzaba ya a descarrilar, a pesar de que la habían coronado el día anterior? Tamsyn le había dicho que era un error casarse con alguien tan arrogante como Kulal y le había suplicado que no lo hiciera simplemente por el hecho de estar embarazada. Hannah no le había hecho caso. ¿Y si el poderoso jeque la trataba con crueldad?

—¿Dónde está Kulal, Hannah? —Tamsyn la sondeó mientras la sospecha se le clavaba en el corazón como una daga—. ¿No le importa que vengas a interrogarme la primera mañana de vuestra luna de miel?

—No he venido a hablar de mi matrimonio —declaró Hannah, y Tamsyn percibió el dolor en su voz—. He venido a preguntarte si has pasado la noche con Xan Constantinides.

Tamsyn se estremeció. ¿Fue por oír en boca de otra persona las palabras que denotaban la verdadera naturaleza de lo que había hecho? Después de haber conservado durante años la inocencia, había consentido que un magnate griego se la arrebatara simplemente chasqueando los dedos con arrogancia.

Y había sido lo más maravilloso que le había ocurrido en su vida.

Habían pasado una noche apasionada. Él le había dicho cosas en griego que ella no entendía y cosas en inglés que hacían que se sonrojara al recordarlas.

«Me vuelves loco. Tienes los senos pequeños, pero son perfectos», le había dicho, después de haber tenido un pezón en la boca, que había lamido y mordisqueado hasta hacerla retorcerse de placer. «¿Y quieres saber qué más cosas tuyas son perfectas?».

Recordó lo maravilloso que estaba con los pómulos sofocados y el oscuro cabello revuelto. Y recordó que había experimentado un sentimiento instintivo de poder sexual al mirarlo a los ojos.

«Sí», había susurrado.

Él le había contestado penetrándola con su masculinidad que siempre parecía estar excitada, y ella había estado a punto de desmayarse de placer mientras la conducía al borde del abismo.

Al final debía de haberse quedado dormida porque, al despertarse, estaba sola en la cama deshecha, el sol le daba en el rostro y había una nota en el espacio que Xan había ocupado. La había agarrado con dedos temblorosos y la había leído.

Me he ido a cabalgar al desierto. Ha sido una noche perfecta.
Gracias.
Xan

Se le había caído el alma a los pies, ya que parecía la despedida que, evidentemente, pretendía ser. No le había dejado un número de teléfono ni una dirección electrónica, ni la invitaba a cenar con él en Londres.

Pero ¿qué se esperaba? ¿Una declaración de amor eterno?

Claro que no, pero enfrentarse a la locura de sus actos no le ponía las cosas fáciles. Había cometido algunas estupideces en su vida, pero acostarse con Xan Constantinides era una de las peores decisiones que había tomado. Si te acostabas con un hombre sin ni siquiera haber salido con él, ¿cómo iba a respetarte?

Tamsyn tragó saliva. ¿Estaba condenada a seguir los pasos de su madre, a pesar de su decisión de vivir de manera muy distinta?

Miró los ojos azules de su hermana, tan diferentes de los suyos. Supuso que cada una llevaba la herencia de su padre, ambos unos inútiles, y se preguntó si ese era el motivo de que las dos hubieran elegido tan mal en cuestión de hombres. Pero ella no había elegido a Xan, sino él a ella.

Y se había largado lo antes posible.

Se encogió de hombros, un gesto de desafío propio de ella.

—Sí, la he pasado con él.

—¿Por qué, Tamsyn?

Por primera vez, Tamsyn tuvo ganas de sonreír mientras miraba el rostro pálido de su hermana y sus ojeras.

—¿De verdad me lo preguntas? Aunque seas una mujer casada, seguro que no eres completamente inmune a los encantos de Xan Constantinides.

—No, claro que no. Por eso, precisamente, es un

hombre que no te conviene. Aunque sea muy guapo y atractivo, es famoso por su… su…

–¿Su qué? –preguntó Tamsyn, a pesar de que se imaginaba lo que Hannah iba a contestarle.

–Digamos que le gustan las mujeres. Mucho.

–No esperaba que fuese célibe.

Hannah respiró hondo y adoptó una expresión seria.

–Suele salir con actrices, modelos y grandes herederas.

–Y no con camareras a las que despiden por insubordinación, ¿no es eso? –dijo Tamsyn en tono seco.

–Y tú…

Tamsyn vio que su hermana frotaba la alianza matrimonial como si quisiera comprobar que verdaderamente estaba casada. Y volvió a preguntarse qué hacía allí la primera mañana de su luna de miel, con un aspecto que era justamente el contrario del que debería tener una recién casada.

¿Por qué no estaba retozando en la cama con su esposo?

–¿Qué, Hannah?

–Sé que no tenías experiencia con los hombres. Y al relacionarte con alguien como Xan, no estás a su mismo nivel.

–No te preocupes, no preveo un futuro con él. No soy tan estúpida.

–Pero ¿y si te quedas embarazada?

–Hemos usado protección –respondió Tamsyn en voz baja.

Hannah la miró con los ojos muy abiertos.

–Nosotros también –susurró–. Y ya ves lo que pasó.

De repente, Tamsyn se dio cuenta de la facilidad con que una mujer podía verse atrapada por su propia pasión. Hannah se había quedado embarazada del jeque por accidente y por eso se había casado con él. ¿Quién iba a asegurarle que no podía pasarle lo mismo?

—Esperemos que no me pase a mí también.

—¿Y si te pasa?

—Ya veré lo que hago. Pero no voy a anticiparme. Seguiré viviendo como hasta ahora.

—¿Y qué vas a hacer?

—Lo que siempre he hecho: adaptarme y seguir adelante.

Hannah echó a andar distraídamente por la habitación hasta que se detuvo frente a uno de los ventanales que daban a los jardines del palacio.

—Kulal me ha dicho que podríamos buscarte trabajo en la embajada de Londres.

—¿De qué? ¿Sería la nueva agregada? —preguntó Tamsyn con cara de póquer.

—Lo digo en serio. Siempre se necesitan limpiadoras, o tal vez pudieras ayudar al chef en la cocina del embajador —Hannah se encogió de hombros—. Algo así.

—Gracias, pero no —contestó su hermana con firmeza—. No quiero estar en deuda con tu esposo y prefiero buscar mi propio camino, como siempre he hecho.

Hannah se le acercó y le puso la mano en el brazo.

—Si pasa algo, si resulta que estás embarazada, vendrás para que pueda ayudarte, ¿verdad?

—Yo en tu lugar, me centraría en mi vida, no en la de los demás —contestó Tamsyn con dureza—. Nunca te había visto tan pálida. ¿Qué te pasa, Hannah? ¿Has descubierto que hay serpientes en el paraíso?

Al ver que su hermana estaba a punto de romper a llorar, Tamsyn se sintió culpable. Sin embargo, su sentimiento de culpabilidad desapareció ante la enormidad de lo que Hannah acababa de decirle, ya que era algo que no se había planteado.

Hannah se marchó y ella se quedó mirando una de las valiosas alfombras de seda. ¿Y si eran ciertos los temores de Hannah? ¿Y si estaba embarazada?

En el vuelo de vuelta a Inglaterra, intentó dejar de pensar en eso y en Xan, pero no era fácil, ya que la azafata había contestado a su pregunta sobre Xan diciéndole que el señor Constantinides se había marchado esa mañana de Zahristan en su avión privado.

Pero, una vez en Londres, la espera para saber si estaba embarazada le resultó aún más difícil, cuando todo lo que había pasado le parecía un sueño. Ensayó diversas tácticas para enfrentarse a ello.

Se entregó a su trabajo en un café, cerca de Covent Garden, lleno de humo y muy frecuentado por taxistas. No estaba bien pagado y era muy aburrido. Pero no estaba dispuesta a pasarse horas buscando algo mejor, porque no lo iba a encontrar. Necesitaba estar ocupada, hacer algo más que ir contando los interminables días mientras esperaba que le llegara el periodo.

Tenía que concentrarse en algo que no fuera que su primer y único amante no se había molestado en comunicarse con ella, ni siquiera para saber si había llegado bien a Londres.

Detestaba estar mirando constantemente el móvil. Aunque no le había dado su número, esperaba que el magnate griego se las arreglara para dar con ella. Cabía la posibilidad de que se lo hubiese pedido al jeque, ¿no? Pero en su fuero interno, sabía que se aferraba a una vana esperanza.

Para que un hombre te buscara, debías caerle lo suficientemente bien como para que quisiera volverte a ver. Y, desde luego, no hacía falta que una mujer te cayera bien para acostarte con ella.

Pero no iba a torturarse. No había planeado tener relaciones íntimas con Xan ni tampoco ser virgen eternamente. Había esperado, no porque quisiera una alianza matrimonial, ya que no le interesaba el matrimonio. Había esperado a que apareciera alguien que le provocara deseo, aunque creía que no sucedería.

Sin embargo, había sucedido. Aunque Xan no fuera un buen partido para ella, era innegable el profundo efecto que le había causado.

Así que, en vez de ponerse nostálgica, decidió ser práctica. Probablemente volvería a verlo en el bautismo del hijo de Hannah y Kulal, para lo cual no faltaba mucho. Y antes de eso, tendría que aprender el arte de fingir que nada le importaba. Si se esforzaba, tal vez lo hubiera conseguido para entonces.

Pero ¿y si estaba embarazada?

El periodo le llegó y, por razones inexplicables, tuvo un ataque de llanto. No le duró mucho, porque las lágrimas eran un desperdicio de energía. Siguió levantándose por la mañana para ir a trabajar. No había luz cuando salía a la calle ni cuando acababa de trabajar, y, aunque la primavera estaba a la vuelta de la esquina, soplaba constantemente un viento fuerte y frío.

Entonces, tuvo uno de esos días en que todo le

salió mal. Un cliente creyó que le había dado el cambio equivocado, lo que hizo que la encargada la mirara y consiguiera que se comportara con más torpeza que de costumbre. Fuera, diluviaba.

Acababa de confundirse en dos comandas y esperaba el sermón previo al despido, cuando la campanilla de la entrada sonó y todos los presentes se quedaron en silencio.

Tamsyn alzó la vista y se produjo otro de esos momentos a cámara lenta. Era Xan quien había entrado en el atestado café y todos lo miraban

A ella no le sorprendió, ya que, no solo la ropa cara que llevaba proclamaba su estatus económico, sino que parecía un superhombre de una belleza inigualable. El abrigo salpicado por la lluvia era de fino cachemir y los zapatos estaban hechos a mano.

Ella detestó el estremecimiento de su cuerpo al reconocerlo, el súbito endurecimiento de sus pezones bajo la tela del uniforme. Él se dirigió hacia ella mirándola fijamente a los ojos, mientras ella se esforzaba en mirarlo con la sonrisa cortés que dedicaría a cualquier cliente.

Pero la encargada la apartó de un codazo mientras se retocaba la permanente con la otra mano. Su rostro de cincuenta años mostraba la emoción de una colegiala.

—¿Qué desea?

Xan le dedicó una deslumbrante sonrisa. Tamsyn pensó, contrariada, que se servía de su notable carisma como un medio para conseguir sus fines, con independencia de donde se hallara.

La voz de Xan, con su acento griego, sonó casi obscenamente erótica.

–Quería preguntarle si me podría prestar a Tamsyn un rato.

La sonrisa de la mujer se convirtió en una mueca.

–No acaba hasta las siete.

En ese momento, Tamsyn saltó, sin importarle las consecuencias. Miró a Xan, resuelta a no dejarse intimidar por el brillo de sus ojos mientras se esforzaba en olvidar la última vez que había visto su poderoso cuerpo. Pero ¿cómo olvidar aquel esplendor de piel aceitunada mientras la estrechaba en sus brazos?

Pero la había abandonado. Se había marchado como si ella no existiera, dejándola llena de dolor y dudas sobre sí misma.

¿Acaso quería volver a pasar por lo mismo?

–No me puedes pedir prestada –le espetó–. No soy un libro que sacas de la biblioteca.

–¡Tamsyn! ¡No consiento que hables así a un cliente! –intervino la encargada.

–Por favor –dijo Xan con voz suave–. No pasa nada. Veo que están muy ocupadas y que no puede prescindir de ella. Volveré a las siete, si le parece bien.

Tamsyn quiso gritarles que dejaran de hablar de ella como si no estuviera allí, que era lo mismo que hacían los asistentes sociales en aquellas interminables reuniones que mantenían para descubrir por qué hacía novillos. Además, quería que su cuerpo dejara de reaccionar ante Xan. No deseaba mirar la sensual curva de sus labios ni recordar lo que había experimentado al besarlos.

–A las siete tengo cosas que hacer.

Él entrecerró los ojos azul cobalto.

–¿En serio?

Era mentira, pero a ella le daba igual, porque una mentira piadosa era preferible a decir o hacer algo que luego tuviera que lamentar. Y no le debía nada.

–Entonces, ¿cuándo estás libre? –insistió él.

–No lo estoy. No tenemos nada que decirnos. Se acabó. Me lo dejaste muy claro. Así que, si me perdonas, tengo que volver a la cocina.

Y, sin añadir nada más, fue a recoger un sándwich de beicon que se estaba enfriando.

Capítulo 6

PROTEGIDO de la lluvia en un portal situado frente al café, Xan esperó a que Tamsyn saliera. Ya eran más de las siete y no había aparecido.

La puerta seguía cerrada, por lo que se preguntó si no habría salido por la puerta trasera para evitarlo.

Se había imaginado…

¿Qué?

¿Que daría saltos de alegría al verlo, a pesar de que no se había puesto en contacto con ella después de la apasionada noche que habían pasado en el palacio?, ¿a pesar de que, a la mañana siguiente, había alquilado un avión para marcharse de Zahristan lo antes posible, después de haberle dejado una breve nota, y había desaparecido durante tres meses?

Sí, eso era justamente lo que se había imaginado, porque era lo que solía suceder. Las mujeres aceptaban las migajas que les ofrecía y se mostraban agradecidas por lo que recibían. Incluso cuando se quejaban de que no era suficiente, volvían a por más.

Hablaba en serio cuando le dijo a Tamsyn que no era cruel a propósito, sino distante. Había aprendido a serlo desde el día de su nacimiento. Era la herencia inevitable de una madre que estaba tan dedicada a compadecerse que apenas se fijaba en su hijo. Él nunca despertaba esperanzas de forma innecesaria ni proseguía una relación si tenía pocas probabilidades de salir adelante. Y no quería partirle el corazón a la cuñada de su amigo.

Para empezar, no debería haberse acostado con ella. Por eso se había marchado al día siguiente de la boda y había salido a cabalgar con el jeque, para no verla.

Había esperado a que se le calmase la libido antes de marcharse a su hermosa finca en Argolida, en el Peloponeso, para comenzar a vivir aquel futuro al que le habían destinado hacía mucho tiempo.

Había visto varias veces a la joven con la que había acordado casarse. Debería haber sido sencillo, pero no lo había sido. Tropezó cuando tuvo que saltar la primera valla, él que nunca tropezaba. La palabra «fracaso» no existía en su diccionario, y durante semanas intentó aceptar su situación sin conseguirlo. Observaba el desconcierto de Sofia mientras se esforzaba en hallar algo que decir. Se imaginaba el disgusto de su padre cuando le dijera que la boda no se llevaría a cabo y que no debía haber accedido a ella.

Por primera vez en su vida, no sabía qué camino seguir.

Si se casaba con Sofia no la haría feliz, pero si no lo hacía, la heriría en su orgullo, y la reputación de la familia de él quedaría empañada.

La solución se le había ocurrido la semana anterior, al comienzo de una llamada al jeque. No era perfecta, pero ¿qué había en la vida que lo fuera? Sin embargo, bastaría. Y, desde luego, era mejor que la alternativa.

Notó la garganta seca cuando la puerta del café se abrió y Tamsyn salió. Todos los pensamientos desaparecieron de su cabeza. Pero ¿por qué se le había acelerado el pulso, cuando ella llevaba una ropa tan poco favorecedora? Con aquellos vaqueros descoloridos y aquella chaqueta, no se merecía que la miraran dos veces

No obstante, algo le sucedía en la vista cuando Tamsyn se hallaba cerca, porque le resultaba imposible apartar la mirada de ella. Le había ocurrido la primera vez que la vio, pero ahora era mucho peor. ¿Se debía a que, a pesar de su descaro y franqueza, había resultado ser virgen?

Llevaba el cabello recogido en una cola de caballo, que flotaba sobre su espalda como una bandera roja, pero estaba pálida. Desde donde él estaba, no podía verle las pecas que le salpicaban la piel como motas de oro. Recordó los lunares que tenía en la parte interior de los muslos. Se los había lamido, excitándola y provocándola, antes de llevarla a un nuevo orgasmo, que la había hecho estremecerse contra su boca.

Echó a andar hacia ella. Entonces, ella lo vio. Lo miró con los ojos como platos, para entrecerrarlos después, mientras agachaba la cabeza y apretaba el paso. Xan se excitó al percatarse de que quería huir de él, como había hecho en el palacio. ¿Creía que no la alcanzaría? ¿No se daba cuenta de que había visto el deseo en sus ojos al entrar en el café, el mismo que sentía él?

—¡Tamsyn!

—¿Es que no entiendes una indirecta? —le gritó ella volviendo la cabeza—. ¡Vete, Xan!

No disminuyó de velocidad mientras él la seguía por la acera, hasta que la alcanzó y la adelantó fácilmente con sus largas zancadas.

–Tenemos que hablar.

Ella se detuvo. Alzó la barbilla y lo fulminó con la mirada.

–¡Te equivocas! No tenemos que hacer nada. ¿Para qué, si no hay nada entre nosotros? ¿No lo dejaste bien claro al levantarte aquella mañana silenciosamente, teniendo mucho cuidado de no despertarme?

–¿Acaso querías que hubiera algo entre nosotros? –contraatacó él.

–¡Ni lo sueñes! Aunque quisiera, que no quiero, tener una relación con un hombre, tú serías él último al que elegiría. Ya te lo había dicho.

Xan lanzó un leve suspiro de alivio y se liberó de parte de la tensión.

–Son las mejores noticias que he recibido esta semana y un motivo añadido para que hablemos.

Tamsyn, impaciente, se secó las gotas de lluvia de las mejillas con el puño.

–¿Es que no lo entiendes? No me interesa lo que tengas que decir. Me acaban de despedir por tu culpa.

Él enarcó las cejas.

–¿Por mi culpa?

–¡Sí! Si no hubieras entrado en el café pavoneándote como si el local fuese tuyo y no hubieras pedido que me tomara un descanso al que no tenía derecho, todavía tendría el trabajo. Tu actitud me enfadó tanto que te contesté, ofreciendo a la bruja de la encargada la ocasión ideal para decirme que no me moleste en volver mañana.

–¿Ese es el único motivo por el que te han despedido?

Tamsyn se dijo que no tenía que contestarle, que no le debía nada ni, desde luego, una explicación. Sin embargo, era difícil soportar el brillo de sus ojos. Además, acababa de darse cuenta de que, desde que Hannah se había ido a vivir al desierto, estaba sola y, de nuevo, sin trabajo y sin nadie a quien recurrir, con un alquiler pendiente de pagar.

Lanzó un suspiro y se encogió de hombros. De repente, había perdido la energía para seguir manteniendo la ficción que era su vida.

–No, no es el único. Supongo que no sirvo para ser camarera.

Los ojos de él brillaron a la luz de la farola, bajo la que se habían detenido.

–Razón de más para que cenes conmigo, ya que te voy a hacer una propuesta que puede que te interese.

Tamsyn, sorprendida, parpadeó.

–¿Qué propuesta?

Gotitas de agua salieron volando de su oscuro cabello cuando él negó con la cabeza.

–No podemos tener esta conversación bajo la lluvia. Vamos a buscar un restaurante para hablar.

A Tamsyn le rugió el estómago, y se dio cuenta de que no había comido nada desde el desayuno. Se dijo que aceptaría la invitación porque tenía hambre, no, desde luego, porque no quería que él desapareciera por segunda vez de su vida.

Pero se miró los vaqueros mojados y se dio cuenta del horrible aspecto que debía de tener.

–No puedo ir a ningún sitio así.

–Podrías ir a casa primero a cambiarte. He venido en coche.

Tamsyn se puso tensa al ver que una limusina negra se dirigía lentamente hacia ellos. ¿Se había vuelto loco? ¿Creía que iba a permitir que alguien como él se acercara a la minúscula habitación en que vivía?

Se imaginó la expresión de susto de su rostro privilegiado al ver las húmedas paredes y el hervidor eléctrico cubierto de cal.

–Vivo muy lejos.

–Pues vamos al Granchester.

Tamsyn estuvo a punto de atragantarse al oírle nombrar el lujoso hotel donde había trabajado su hermana, antes de que la despidieran por haberse acostado con uno de los huéspedes.

–El Granchester es, probablemente, el hotel más caro de Londres. No conseguiremos mesa reservándola tan tarde. Y aunque lo hiciéramos, no puedo ir a cenar allí con esta ropa.

–Claro que tendremos mesa –afirmó él mientras la limusina se detenía frente a ellos–. Y Emma, la esposa de mi primo, se aloja allí. Me parece que tienes la misma talla que ella, así que te prestara algo para ponerte.

Tamsyn negó con la cabeza.

–No digas tonterías. ¡No voy a pedirle prestado un vestido a una perfecta desconocida!

–¿Por qué no? –preguntó él con la seguridad de alguien que no estaba habituado a que lo contradijeran, mientras abría la puerta del coche y la empujaba suavemente a su interior–. No te preocupes. Yo me encargo de todo.

Más tarde, Tamsyn atribuiría su obediencia, tan poco característica de ella, a la absoluta seguridad que demostraba en sí mismo. Nunca había visto a un hombre controlar una situación sin alterarse en absoluto. No estaba acostumbrada a que alguien se ofreciera a encargarse de todo, sino al drama y al caos.

Se montó en la limusina y Xan se sentó a su lado. El vehículo arrancó y se dirigió a toda velocidad al Granchester.

Xan hizo una llamada telefónica. Ella oyó que decía su nombre mientras hablaba rápidamente en griego, antes de echarse a reír por algo que le había dicho la persona del otro extremo de la línea. Fue esa risa lo que le encogió el corazón a Tamsyn con una inesperada nostalgia al imaginarse lo que sería llevar una vida en que pudieras montarte en una limusina sin preocuparte del precio y reírte de forma tan desinhibida mientras hablabas por teléfono, como si no tuvieras preocupación alguna.

Llegaron al Granchester y el coche se detuvo. Un portero corrió a saludar a Xan como si fuera un viejo amigo. Por el vestíbulo, lleno de flores, pasaban los huéspedes, vestidos con prendas caras, como si tuvieran que ir a un sitio importante.

Una mujer se les acercó sonriendo. Era muy hermosa.

–¡Xan! –exclamó con afecto al tiempo que se ponía de puntillas y lo besaba en las mejillas, antes de volverse hacia Tamsyn con una gran sonrisa–. Tú debes de ser Tamsyn. Soy Emma. Estoy casada con su primo. Creo que necesitas un vestido para cenar esta noche. Tenemos poco tiempo, así que ¿por qué no venís conmigo y elegimos algo?

Era extraño, pero Tamsyn no sintió el recelo habitual, tal vez por la amabilidad y cortesía de Emma. Le sonrió a su vez y los tres se dirigieron a un ascensor que nadie más estaba utilizando. La presencia de Emma hizo que la conversación de Tamsyn con Xan se interrumpiera.

«¿En qué lío me he metido?», se preguntó cuando el ascensor se detuvo y salieron directamente a una enorme habitación, desde cuyos ventanales había una vista maravillosa de los rascacielos de Londres.

—Xan, sírvete algo de beber —Emma sonrió—. Tamsyn, ven conmigo.

Ella la siguió por un largo pasillo que las condujo al vestidor de un gran dormitorio. Tal vez si no hubiera vuelto a perder el trabajo y si la imagen de su minúscula habitación no hubiera aparecido en su mente, Tamsyn habría dicho a Emma que se lo había pensado mejor, le habría dado las gracias y se habría marchado. Y aunque Xan quisiera hacerle una misteriosa proposición, y aunque siempre quisiera salirse con la suya, dudaba que la hubiera retenido a la fuerza.

Pero no hizo nada de eso. Estaba cansada, agotada, con ganas de dormir durante un siglo. Así que asintió cortésmente mientras Emma pasaba la mano por las prendas que colgaban del armario más grande que Tamsyn había visto en su vida.

—No voy a quedarme para influir en lo que elijas —dijo Emma—. Ponte lo que te guste. Elige también unos zapatos, si son de tu número. Mientras tanto, voy a entretener a tu hombre. Te espero en el salón.

Tamsyn quiso decirle que Xan no era nada suyo, pero eso complicaría aún más las cosas de lo que ya lo estaban. Se lavó rápidamente en el cuarto de baño y se puso un vestido de cachemir verde, de manga larga, que se sujetó con un cinturón. Sus pies eran demasiado pequeños para el calzado de Emma, así que rellenó unos zapatos de ante verdes con pañuelos de papel. Se soltó el cabello, se peinó los indomables rizos, se puso su propia ropa húmeda bajo el brazo y volvió al salón.

Le sorprendió oír a Emma hablar en griego con Xan, pero la conversación terminó cuando entró en el salón. Sintió un enorme placer al observar la mirada de incredulidad de Xan mientras la examinaba de arriba abajo.

Xan se levantó, dominando la habitación con su poderosa presencia, mientras esbozaba una leve sonrisa.

–Le estaba diciendo a Emma que tenemos una mesa reservada en el restaurante.

Era casi una grosería haber utilizado su apartamento como una especie de vestuario, pero ella también se había levantado y volvió a sonreír a Tamsyn.

–Y Zac está a punto de volver de Zúrich –afirmó–. Parece que mi esposo ha comprado otro hotel allí.

Fue entonces cuando Tamsyn estableció la relación. Emma estaba casada con Zac Constantinides, el multimillonario que poseía la cadena de hoteles de lujo Granchester. Zac era primo de Xan. ¿Cómo no se lo había recordado Hannah?

Mientras el ascensor los devolvía al vestíbulo del hotel, se preguntó por qué no se había dado cuenta antes, ya que Constantinides no era un apellido habitual. Y se dijo que, probablemente, se debía a todas las emociones encontradas que la asaltaban. Se pasó la lengua por los labios resecos con discreción. Seguía sin ser inmune al hombre que iba a su lado.

Los condujeron a los jardines del restaurante. Una pequeña placa en la pared informaba a los clientes de un premio que habían ganado recientemente. Aunque era de noche, los árboles y arbustos estaban hábilmente iluminados.

Les indicaron la que obviamente era la mejor mesa, colocada en una esquina desde la que se dominaban todos los jardines. Tamsyn se dio cuenta de que los clientes los observaban; mejor dicho, miraban a Xan. ¿Lo notaba o tenía un concepto de su valía tan elevado que no se percataba?

–¿Por qué me has traído aquí? –preguntó mientras se sentaba y apoyaba las manos en el mantel de lino blanco–. Y lo que es más importante, ¿por qué te he dejado que lo hicieras?

Él no le respondió hasta que el camarero les hubo entregado la carta. Y lo hizo sonriendo con ironía.

–Porque hemos sido amantes y porque te pica la curiosidad.

Ella levantó la barbilla en actitud desafiante.

–No suelo dejar que me lleven de un lado a otro como si fuera una ficha en una mesa de juego.

–Lo entiendo. Yo tampoco suelo organizar a toda prisa la transformación de las mujeres con las que salgo –replicó él en tono seco–. Por cierto, ese vestido te sienta de maravilla.

El cumplido estuvo a punto de hacerla estremecerse de placer, pero recordó que aún no sabía por qué estaba allí. Y él tenía razón: le picaba la curiosidad.

–¿De qué quieres hablarme?

–¿Por qué no elegimos primero lo que vamos a cenar? Si no, tendremos al camarero pendiente de nosotros. ¿Quieres que pida por ti?

Tamsyn lo fulminó con la mirada. ¿Creía que era tan pobre y humilde que no entendería la carta en francés? ¿No se daba cuenta de que había trabajado en muchos restaurantes de lujo? Estuvo a punto de decirle que había cambiado de opinión cuando vio que algo se iluminaba con llamas azules en una mesa cercana. Le pareció tan delicioso que se le hizo la boca agua. Y volvió a recordar que hacía horas que no probaba bocado.

–Yo tomaré langosta *thermidor* con guarnición de ensalada verde. Y agua mineral con gas, nada de vino.

Disfrutó viendo la mirada de sorpresa que le dirigió él mientras cerraba la carta y se la daba al camarero.

–Tomaré lo mismo –dijo recostándose en la silla para examinar a Tamsyn.

–¿Y bien? –dijo ella al ver que no tenía prisa por hablar–. Sigo esperando una explicación. Has estado semanas sin querer saber nada de mí y apareces de pronto y me traes aquí para proponerme algo misterioso. ¿El qué, Xan? ¿No tendrás, por casualidad, un café con un puesto vacante de camarera para alguien que necesita urgentemente un empleo?

Xan se dio cuenta de que iba a tener que elegir las palabras con cuidado, porque Tamsyn era volátil e impredecible. En cierto modo, era la peor candidata para lo que se proponía, pero, paradójicamente, era su falta de idoneidad lo que la convertía en la candidata ideal.

–Ahora mismo tienes problemas, ¿verdad, Tamsyn?

Ella lo miró con recelo.

—¿Cómo lo sabes?

Él se encogió de hombros.

—Llámalo intuición u observación. Cambias de trabajo con frecuencia, pero que te despidan no parece afectarte tanto como a otros —dijo él sin apartar la mirada de su rostro—. Y he observado que tienes un agujero en el abrigo.

Ella se puso colorada y pareció vacilar entre decir la verdad o continuar fingiendo que, aparte de necesitar trabajo, lo demás iba bien. Pero sus ojeras delataban que sus dificultades eran crónicas y que tal vez se había dado cuenta, ya que su acritud desafiante se evaporó mientras se encogía de hombros.

—He conocido tiempos mejores.

—Pero tu hermana acaba de casarse con uno de los hombres más ricos del mundo. Es indudable que podría ayudarte, si necesitas dinero.

—No voy a pedir ayuda a Hannah —declaró con fiereza—. Bastante me ha ayudado ya. Ha llegado la hora de valerme por mí misma.

Xan asintió. Se dio cuenta de que su orgullo mal entendido jugaba a favor de él.

—Entonces, creo que puedo ayudarte. Mejor dicho, que podemos ayudarnos mutuamente.

Ella se había recuperado de los breves momentos de vulnerabilidad, y sus ojos volvían a mostrar una mirada desafiante.

—¿Ayudar yo al poderoso Xan Constantinides? Pues no me imagino cómo.

Xan hizo una breve pausa porque, aunque no significaban nada, las palabras que estaba a punto de pronunciar seguían poniéndole tenso. Tenía un proyecto de vida y, hasta aquel momento, todo había salido según lo previsto, porque lo había controlado al milímetro. Así había conseguido una beca en Harvard, a pesar de haber estudiado en una humilde escuela de pueblo, y había ganado una fortuna en el mercado inmobiliario, poco después de obtener la licenciatura.

Su matrimonio con Sofia habría sido otra fase de su plan, pero, de repente, todo había cambiado.

Seguía sin apartar la mirada del rostro de Tamsyn.

—Casándote conmigo.

Capítulo 7

XAN NO había visto a nadie tan desconcertado. Observó la boca abierta de Tamsyn y la rosada punta de su lengua le recordó los eróticos recorridos que había trazado sobre su sudorosa piel. Tragó saliva. Tamsyn le había provocado más orgasmos en unas cuantas horas que ninguna otra mujer, y había habido muchas.

La dureza de su entrepierna aumentó, ya que se le presentaba la ocasión perfecta de volver a disfrutar del delicioso cuerpo de ella. No había querido proseguir la relación con ella, no solo porque se había convertido en la cuñada de Kulal, sino porque ella poseía un salvajismo interno que lo inquietaba y ante el que reaccionaba de un modo que no entendía, lo cual le daba la impresión de estar perdiendo el control.

Y eso no le gustaba en absoluto.

—¿Me acabas de pedir que me case contigo? –preguntó ella. Sus verdes ojos brillaban de forma poco natural a la luz de las velas.

—¿Quieres que te lo repita?

Sentía curiosidad por ver cuál sería su reacción, ya que determinaría su comportamiento futuro con ella. Si le daba la impresión de que estaba convirtiendo sus sueños en realidad, tendría que andarse con cuidado. Pero si, como sospechaba, él le importaba tan poco como ella a él, no había motivo para que ambos no disfrutasen de lo que había planeado.

Pero su expresión no era de triunfo. Sus ojos mostraban la misma suspicacia que antes. Xan no se lo podía creer, ya que estaba acostumbrado a que las mujeres le demostraran su adoración.

—¿Es una broma?

Él negó con la cabeza.

—Dicen que soy difícil, pero no cruel.

Él observó que su actitud se volvía insegura, que repasaba sus palabras y no era capaz de entenderlas.

Ella esperó a que el camarero hubiera depositado los platos frente a ellos para enarcar las cejas y hablar.

—¿Por qué quieres casarte conmigo? ¿Has tardado todo este tiempo en darte cuenta de que no podías vivir sin mí y que la única manera de tenerme para toda la vida es poniéndome una alianza matrimonial en el dedo?

Él se puso tenso.

—En absoluto.

Ella agarró el tenedor y comenzó a comer con apetito.

—Entonces, ¿por qué?

Xan respiró hondo. Le resultaba difícil dar explicaciones, casi tanto como tener intimidad con alguien. Se guardaba para sí sus pensamientos y sentimientos de forma espontánea o porque lo habían educado así.

Su madre le había demostrado indiferencia y su padre estaba muy ocupado tratando de asegurarse sus tierras y su herencia para poder dedicar tiempo a su único hijo. Y Xan nunca había dejado que nadie se le acercase lo suficiente para preocuparse de si confiaba en él o no.

Sin embargo, hasta cierto punto, iba a tener que confiar en Tamsyn, si estaba de acuerdo con su plan. ¿No le otorgaría eso poder sobre él? Tragó saliva al percatarse de que si no quería que ella abusase de semejante poder tendría que recompensarla muy generosamente.

–¿Qué sabes de mí? –preguntó.

Ella se limpió los labios con la servilleta de lino, que no sirvió para ocultar su sonrisa.

–¿Crees que me obsesioné tanto contigo, después de la noche en Zahristan, que me he dedicado a investigarte?

–No lo sé –la miró desafiante–. ¿Lo has hecho?

–Pues no. Tengo mucha experiencia en causas perdidas para saber cuándo debo retirarme. Y, desde luego, no he desperdiciado el tiempo pensando en alguien que se moría de ganas de alejarse de mí. ¿Qué sé sobre ti? Veamos. Básicamente, que estás forrado. Mi amiga Ellie me dijo que naciste multimillonario, pero me hubiera dado cuenta sola, a juzgar por tus trajes y tu forma de andar. Mi hermana mencionó que habías tenido mucho éxito en los negocios y, ah, que eras arrogante. No hacía falta que lo hiciera, puesto que es una característica que pareces poseer en abundancia.

Xan esbozó una sonrisa inesperada. Era evidente que no debía preocuparse por que fuera a ponerlo en un pedestal.

–¿Algo más? –preguntó con sarcasmo.

Ella se encogió de hombros.

–Parece que no te caigo muy bien y, no obstante, me estás pidiendo que me case contigo –negó con la cabeza mientras pinchaba otro trozo de langosta–. Perdona, si parece que estoy confusa, pero es que lo estoy.

Xan hizo un gesto discreto al sumiller, que volvió al cabo de unos segundos con una botella cubierta de polvo de la que le sirvió una copa. Tamsyn negó con la cabeza a la pregunta silenciosa de los ojos de Xan. Él dio un sorbo y continuó hablando.

–Solo hay dos cosas que debes saber sobre mí. La primera es que creo que no hay problema que no pueda solucionarse con dinero; la segunda, que hay una mujer en Grecia a la que llevo prometido de manera no oficial desde hace muchos años. Pero me he dado cuenta de que no puedo casarme con ella.

Él observó que se le oscurecían los ojos y se mordía el labio inferior, antes de volver a mostrar su aire habitual de despreocupación.

–Pues no lo hagas. Díselo. Abandónala como hiciste conmigo. Tal vez se enfade un poco, pero creo que algún día estará agradecida por no estar unida para toda la vida a un misógino como tú. ¿Qué problema hay, Xan? ¿Se ha enterado de que te habías acostado conmigo y tal vez con otras? ¿Se ha puesto en pie de guerra como solo lo hace una mujer celosa?

Xan dejó la copa con brusquedad en la mesa.

–Para tu información, no he tenido sexo con nadie desde la noche que pasé contigo ni, desde luego, lo he tenido con Sofia. No tenemos esa clase de relación.

Ella lo miró con cinismo.

–A ver si lo adivino. Te diviertes con mujeres como

yo, ¿no? Mientras tanto, ¿tienes a una joven pura y virginal que te espera en Grecia? Es el doble rasero del que muchos hombres son culpables.

Hizo ademán de levantarse.

–¡Me das asco! –le espetó.

–No te vayas –dijo él inclinándose por encima de la mesa hacia ella–. Escúchame primero, por favor.

Sus palabras parecieron sobresaltarla, pero no tanto como a él, ya que rogar no era algo que hiciera a menudo. ¿Creía que ella sería maleable?, ¿que, impresionada al conocer un mundo totalmente distinto y glamuroso, aceptaría cualquier cosa que le propusiera? Sí, probablemente era lo que había pensado. Qué equivocado estaba.

–¿Qué tengo que oír?

–Dices que nací rico, pero no es así.

–¿Acaso naciste pobre?

–No, ni rico ni pobre. Como se suele decir, con bienes, pero sin dinero. Mi padre heredó una isla muy hermosa que se llama Prassakri. Nació y se crió allí. Generaciones de su familia habían vivido y muerto allí. Hubo una época en que había muchos habitantes y trabajo para todos, pero el trabajo fue disminuyendo de forma gradual, y los jóvenes comenzaron a marcharse, mi padre entre ellos. Por suerte, tenía dinero para comprar tierras en Tesalia, y durante un tiempo vivió sin problemas. Pero llegó la sequía, la peor que se había conocido en la región…

Hizo una breve pausa y ella se inclinó hacia delante, claramente interesada.

–Sigue.

Él hizo una mueca.

–Mi padre lo perdió todo. Y lo que no se llevaron

la sequía y los incendios producidos por ella, lo hicieron las malas inversiones. De estar en una posición acomodada, pasamos a no tener comida suficiente. Mi madre se lo tomó mal.

—¿Muy mal?

—Lo suficiente.

Nunca había hablado de aquello con nadie. No había sentido la necesidad de revivir el dolor y la insatisfacción. Hasta aquel momento.

—El ambiente de culpabilidad y recriminaciones en casa era insoportable —prosiguió mientras recordaba que al entrar en su hogar se encontraba con la expresión y la actitud gélidas de su madre—. Mi padre se vio obligado a vender la isla a un vecino, aunque le partía el corazón hacerlo. Pero se juró a sí mismo que algún día la recuperaría, porque los huesos de sus antepasados están enterrados allí, y eso significa mucho para un griego.

Dio otro sorbo de vino.

—Poco después, el precio de la tierra se disparó y la compra de una isla griega dejó de estar al alcance de la mayoría. Mi padre se sentía cada vez más impotente al ver que se alejaba la posibilidad de recuperar la isla. Pero su vecino tenía una hija muy hermosa. Y yo acababa de conseguir una beca para una universidad norteamericana, lo cual, por aquel entonces, era una hazaña. Se pensaba que llegaría lejos. Fue entonces cuando el vecino hizo una propuesta a mi padre.

—¿Qué propuesta?

—Que, si me casaba con Sofía, consentiría en venderle la isla a mi padre por el precio que había pagado por ella.

–¿Y tú accediste?

Al contarlo en aquel momento, parecía una reacción extrema, pero Xan recordó que la propuesta tuvo pleno sentido en su momento. Había accedido para llevar algo de paz a su familia, para que su madre dejara de martirizar a su padre con su amargo y eterno lamento: «No me casé contigo para acabar como una pordiosera».

–Yo tenía diecinueve años. Y en aquel momento no me pareció real. Sofia era una dulce joven que sería una buena esposa, y, si eso implicaba acabar con el sufrimiento de mi padre, ¿por qué no iba a acceder? Podía devolverle de golpe el orgullo, que tan importante era para él, y tal vez evitar que mi madre se fuera encerrando en sí misma cada vez más.

–Lo sé, pero aun así… –ella lo miró perpleja–. Me parece una decisión extrema.

–Para serte sincero, pensaba que Sofia se echaría atrás antes que yo, que se enamoraría de otro y querría casarse con él.

–¿Y eso no sucedió?

Él negó con la cabeza.

–No. Intenté convencerme de que los matrimonios concertados funcionaban bien en muchos países. Hablábamos la misma lengua y nos habían educado de manera similar. Y a medida que pasaba el tiempo, me parecía una forma útil de disuadir a otras mujeres que se me acercaban por ambición, ya que sabían que mi matrimonio estaba concertado y que, por tanto, no podía ofrecerles nada.

–¡Pero tú eres un griego moderno! Lo que me cuentas es arcaico.

–No soy tan moderno como parece, Tamsyn. En el fondo, tengo valores que podrían considerarse pasados de moda.

Ella hizo una mueca, pero él se dio cuenta de que se estremecía levemente. ¿Recordaba cómo habían sido las cosas entre ellos esa noche, cuando él había experimentado un placer casi primitivo al romper la tensa barrera de su himen con un grito de alegría? Aquella noche, él había sido cualquier cosa menos moderno.

–¿Y el amor? ¿No se supone que es la base de cualquier matrimonio?

Él se rio con amargura, pero, al menos, ya se hallaba en territorio conocido.

–No es mi caso. Solo los tontos creen en el amor romántico.

Por primera vez desde que habían comenzado aquella extraordinaria conversación, Tamsyn experimentó unos instantes de verdadera conexión con Xan, así como un sentimiento que le resultaba muy conocido. Pensó en su madre y en el modo en que se enganchaba a tantos hombres distintos.

¿No había sido porque se había vuelto a enamorar por enésima vez por lo que a Hannah y a ella las había abandonado y por lo que habían sido acogidas por familias disfuncionales?

–Eso es algo que tenemos en común. Pienso exactamente lo mismo.

Él se rio con cinismo.

–Lo dices como si de verdad lo pensaras.

–¿Por qué? ¿Es que a ti te dicen las cosas para complacerte?

–Algo así.

Tamsyn se preguntó qué se sentiría cuando todos andaban de puntillas a tu alrededor. ¿Era eso lo que lo hacía sentirse tan seguro de sí mismo?

–Entonces, ¿dónde está el problema? Parece la solución perfecta. Te has divertido lo tuyo y ahora vas a sentar la cabeza. Es una unión práctica entre dos personas que saben dónde están los límites.

–Eso era precisamente lo que creí hasta que la teoría se convirtió en realidad y me di cuenta de que no me podía casar con Sofia. Sigue siendo una mujer hermosa, pero no es mi tipo. Básicamente, no la deseo. Y no puede haber matrimonio sin deseo –hizo una larga pausa–. Ahí entras tú.

Ella entrecerró los ojos.

–¿En qué sentido?

–No quiero hacer sufrir a Sofia ni dañar su reputación diciéndole que no la deseo. Si lo hago, su padre no me venderá la isla, aunque le ofrezca el doble de su valor actual. Sin embargo, una forma aceptable de anular mi compromiso sería explicar que me he enamorado de otra mujer y que voy a casarme con ella, lo que permitiría que Sofia quedara con el orgullo intacto.

Tamsyn frunció el ceño.

–¿Te refieres a un falso matrimonio?

–A un matrimonio temporal –corrigió él en tono seco–, con un acuerdo de divorcio muy generoso. Sofia tendría una salida digna, yo compraría la isla y tú acabarías con un abultado cheque, que te convertiría en una mujer muy rica. Podrías llevar el estilo de vida con el que sueña la mayoría de la gente.

Tamsyn lo miró intentando no dejarse influir por la idea del dinero, lo cual era difícil para alguien que siempre había vivido de forma precaria. Pensó en lo que sería no tener preocupaciones económicas, comprarse ropa que no fuera de mercadillo, tener en la nevera comida que no hubiera caducado, tomar el autobús en lugar de ir andando a todas partes...

Sí, era tentador, pero no lo suficiente. ¿Era la arrogante certeza que tenía Xan de que no había problema que no se pudiera solucionar con dinero lo que la impulsaba a rechazar su oferta?

—Pídeselo a otra —dijo con frialdad—. Debe de haber muchas candidatas más adecuadas para el papel de tu esposa.

—Claro que las hay. Pero ahí está la gracia del asunto: tú eres tan claramente inadecuada que todos creerán que se trata de amor verdadero.

Sus palabras le dolieron, por supuesto. Tamsyn siempre se había considerado una inconformista, alguien que nadaba contracorriente. Pero pensar que eras un poco rebelde era muy distinto a que el hombre que había sido tu primer amante te dijera que eras la persona menos adecuada para ser su esposa.

El corazón se le encogió de dolor y quiso levantarse y marcharse. En un universo paralelo, habría volcado la mesa, y las copas y los cubiertos hubieran caído al suelo con estrépito. Pero ya había intentado algo similar con él otra vez, y lo único que había conseguido era parecer estúpida.

Algo la mantenía fija al asiento. Se dijo que debería esperar a ver cuánto le iba a ofrecer él por aceptar su propuesta. Sin embargo, en el fondo sabía que había algo más, que él tenía razón: le picaba la curiosidad.

—¿Por qué no deseas a Sofia? —preguntó, dispuesta

a echar sal en la herida. Como si, al hacerse daño a sí misma, nadie más pudiera hacérselo–. ¿No es tan hermosa?

Xan miró la langosta que no había probado. No hacía falta explicarle que las demás mujeres casi parecían dóciles, comparadas con ella; que no había sido capaz de borrar el recurrente recuerdo del sabor de su piel ni el de la sensación de tener sus piernas enlazadas a la cintura mientras la embestía.

Tragó saliva. Esa información era irrelevante.

–La química es intangible. No es una lista de la compra de la que vas borrando elementos según los adquieres.

Ella sonrió por primera vez.

–Tú haces mucho la compra, ¿verdad, Xan? No te imagino empujando un carrito por un supermercado. No he visto a nadie como tú mientras repongo productos en los estantes.

Xan no pudo evitar sonreír.

–Compro coches, aviones y obras de arte. La comida la compra el ama de llaves. Pero tratas de cambiar de tema. ¿Se debe a que mi propuesta te resulta desagradable?

Tamsyn se encogió de hombros. No sabía qué pensar sobre nada. Quería marcharse, cuando todavía podía hacerlo, pero la deliciosa comida la había dejado aletargada. Y su letargo se veía aumentado por la poderosa presencia de Xan. ¿Y no era reacia a darle la espalda y no volverlo a ver?

–Es una locura –dijo con voz débil.

Él se inclinó hacia delante, como si hubiese visto la posibilidad de convencerla.

–Imagina no tener que volver a trabajar, a no ser

que quieras. Podrías volver a estudiar. Eres una mujer inteligente. Imagina poder vivir en un sitio que no sea una…

Tamsyn se puso tensa al ver que se callaba.

–¿Una qué?

–No importa.

Su diplomacia le resultó más insultante que si le hubiera dicho que vivía en una pocilga.

–¡Claro que importa! ¡Me importa a mí! Por cierto, ¿cómo sabes dónde vivo?

Él la miró de manera extraña.

–He hecho que te investiguen.

–Has hecho que me investiguen. ¿Quién me ha investigado?

–Tengo a personas en plantilla capaces de averiguarlo casi todo. ¿Cómo, si no, iba a saber dónde trabajabas?

–Pensé que se lo habrías preguntado al jeque.

–No. Hannah y Kulal no saben nada de esto.

Que mencionara el nombre de su hermana la sacó de su letargo. Había estado a punto de decirle a Xan dónde podía meterse su propuesta, sin revelarle el daño que le había hecho. Le habría dicho que, aunque de momento no tuviera trabajo, pronto lo encontraría. Siempre había empleo para mujeres como ella, mujeres que, de niñas, se escapaban de casa y de la escuela, que no comían de forma regular ni tenían a nadie que les insistiera en que hicieran los deberes.

Saldría adelante porque, aunque no hubiera recibido una educación formal, se había licenciado en la escuela de la supervivencia. Una no dormía en una habitación con hielo por dentro de las ventanas y oyendo las peleas de la habitación de al lado sin desarrollar una dura coraza.

Pero ¿y Hannah? Su hermana estaba en una situación muy diferente. Ser la esposa de uno de los hombres más ricos del mundo no implicaba estar segura. Cuando había estado en Zahristan para la boda había notado que las cosas no iban bien en la pareja. Se habían casado porque Hannah se había quedado embarazada del jeque, pero ¿y si Kulal solo se había casado con su hermana para tener poder legal sobre su hijo? El jeque tenía ahora todo el poder, una vez casados, en tanto que Hannah no tenía ninguno. Aunque fuera la reina de un país desértico, ni siquiera sabía hablar la lengua de allí.

Tamsyn dobló la servilleta y la dejó al lado del plato vacío.

¿Y si aceptaba la propuesta de Xan, pero con sus condiciones? ¿Y si le pedía un montón de dinero, más de lo que él hubiera pensado darle? El suficiente para rescatar a su hermana, si era necesario. ¿No sería fantástico tener dinero para comprar los billetes de avión de Hannah y su hijo y llevárselos de Zahristan, si su matrimonio con Kulal le resultaba insoportable, y darle parte de ese dinero para que se comprara una casa donde fuese?

¿No sería estupendo poder hacerlo, sobre todo después de lo que su hermana había hecho por ella durante la infancia y la adolescencia? ¿Equilibrar la balanza un poco? A pesar de que…

Tamsyn tragó saliva.

A pesar de que Hannah había sido el motivo de que ella no hubiera conocido a su padre. Le había costado mucho perdonarla.

Alzó la vista y vio que Xan la observaba atentamente, aunque poco podría adivinar por su expresión. Al fin y al cabo, se había pasado la vida disimulando sus sentimientos tras la máscara de indiferencia que presentaba al mundo.

–¿Cuánto duraría el matrimonio?

–No mucho. Tres meses bastarían.

Ella asintió.

–¿Y cuánto dinero estás dispuesto a ofrecerme?

Vio que él hacía una mueca, lo que no la sorprendió. A los ricos no les gustaba hablar de dinero porque lo consideraban vulgar. Era rebajarse. Se preguntó si Xan se habría olvidado de lo que era ser pobre.

–¿En cuánto estás pensando?

Su padre biológico le había enseñado a Tamsyn todo lo que debía saber sobre el abandono y el rechazo, en tanto que las lecciones de su padre de acogida habían sido sobre la infidelidad y el juego. No era de extrañar que desconfiara de los hombres.

Sin embargo, algunas de aquellas lecciones le habían resultado útiles. Sabía que, en un juego de cartas, había que empezar muy arriba y estar dispuesto a ir bajando. Así que dijo una cifra escandalosa, preparada para recibir la mirada de desdén que le dedicó Xan. Pero desapareció inmediatamente, y él asintió.

–Muy bien.

Ella parpadeó, incrédula.

–¿Así, sin más?

Él se encogió de hombros.

–Es lo que quieres y yo puedo permitírmelo. Y, evidentemente, cuanto más esté dispuesto a pagar, más obtendré de nuestra breve unión.

La conclusión que se infería de sus palabras llenó a Tamsyn de ira y de algo más potente, porque mientras él le contaba su historia, hubiera querido abrazarlo, consolarlo, besarlo, sobre todo cuando había hablado de su madre.

—¿Crees que voy a tener sexo contigo?

—Esa es una pregunta ingenua. ¿Por qué no? Ya lo hemos tenido, y muy bueno. ¿Y no constituye un elemento necesario de un contrato matrimonial?

Se produjo un silencio durante el que Tamsyn se armó de valor para resistirse a la belleza de su rostro, a la excitación que le corría por la venas y al deseo que le latía entre las piernas. Consiguió mirarlo con el rostro carente de expresión.

—No en este caso, porque es un matrimonio falso —dijo con frialdad—. Me casaré contigo porque quiero el dinero. Solo se trata de un acuerdo de negocios, por lo que no voy a volver a mantener relaciones íntimas contigo. No estaría bien, después de todo lo que ha pasado.

Capítulo 8

LAS FLORES entretejidas en su cabello seguían en su sitio, a pesar de la brisa marina que soplaba con fuerza. Tamsyn pensó que esa era una de las ventajas de casarse con un multimillonario: que él pudiera contratar a una peluquera que domara los rizos de su esposa con un peinado que, milagrosamente, había resistido todo el día.

Se agarró a la barandilla del yate de lujo de Xan, que surcaba las aguas, mientras intentaba asimilar que se había convertido en la esposa de un magnate griego y que el anillo de oro que le brillaba en el dedo era de verdad.

Bueno, tan de verdad como lo permitiera un falso matrimonio.

Resuelta a no dejarse llevar como un cordero al matadero en el día de su boda, había enunciado sus condiciones antes de esa fecha, insistiendo en que no quería una gran ceremonia, sino algo discreto. Le parecía una mezquindad montar un gran espectáculo público que no significaba nada. Y no iba a pronunciar votos carentes de sentido en un lugar de culto.

Y lo más importante: no quería que Hannah se enterase de la boda hasta que hubiera concluido, por si decidía hacer algo como presentarse para tratar de disuadirla.

Sin embargo, a Xan le había parecido bien no co-municárselo y había reconocido que no le gustaban las bodas, en general, ni la suya en particular.

–Los detalles se anunciarán en el ayuntamiento, porque es un requisito legal –dijo–. Pero, como el alcalde es amigo mío, se respetará nuestra intimidad y no se dirá nada a la prensa, al menos hasta que yo lo anuncie. Mantenerlo en secreto añade algo de apa-sionada autenticidad a nuestro arrollador idilio, ¿no te parece, *agapi mu*?

Tamsyn no sabía qué pensar. Le molestaba que pareciera que a Xan casi le hacía gracia la naturaleza clandestina de la boda, hasta que recordó que a la mayoría de los hombres les gustaba el secreto. Todo aquello no era más que un complejo juego para él, y como no tenían la intención de estar casados mucho tiempo, ¿qué sentido tenía poner objeciones?

–Haremos una gran fiesta después de la luna de miel –dijo Xan al día siguiente de que ella hubiera aceptado su propuesta, cuando se había presentado inesperadamente en su habitación, había echado una ojeada a su alrededor con desagrado y le había anun-ciado que, a partir de entonces, se alojaría en el Granchester, hasta el día de la boda–. Una fiesta a la que invitaremos a la familia y a los amigos y anun-ciaremos que nos hemos casado.

–¿Y Sofia? –había preguntado ella–. ¿Cuándo vas a decírselo?

–La llamaré por teléfono después de la ceremo-nia, una vez que haya hablado con mi padre.

Como no la había mencionado, ella le preguntó:

–¿Y tu madre?

Nunca había visto el rostro de él tan falto de expresión, tan desprovisto de toda emoción, como si sus facciones estuvieran talladas en un mármol oscuro e impenetrable.

–Mi madre murió hace diez años.

–Lo siento, Xan.

Ella le había dado el pésame de manera instintiva, pero él no lo deseaba, y dio por concluida la conversación. En cierto sentido, ella entendía su renuencia a hablar porque tampoco a ella le gustaría que él hurgase en su pasado, en sus recuerdos dolorosos. ¿Para qué removerlo, cuando aquella relación no iba a durar?

–¿Crees que Sofia se enfadará? –había insistido ella–. No quiero hacer sufrir a otra mujer.

–Esperemos que no. Tal vez se haya dado cuenta de que está mejor sin alguien como yo –había contestado él en tono duro–. Un hombre que no puede darle el amor que se merece.

Al recordar aquellas palabras, a Tamsyn le resultó difícil no llegar a la conclusión de que Xan consideraba que ella no se lo merecía. Xan creía que era avariciosa, una cazafortunas como su hermana. Y, aunque no hacía falta que él tuviera muy buena opinión de ella, le dolía que la considerara así.

Se habían casado esa mañana en las afueras de Atenas. La ceremonia había sido discreta: solo dos testigos anónimos que habían encontrado en la calle y un fotógrafo. Era la primera vez que ella había visto sonreír a Xan durante todo un día.

–Será un alivio perder la detestable etiqueta de «el soltero más codiciado de Grecia» –había dicho él con los ojos brillantes–. Al menos, me dejarán en paz y viviré como quiera.

La arrogancia de sus palabras había irritado a Tamsyn, pero se había tragado su sarcástica respuesta, porque pensó que pelearse justo antes de la ceremonia no era la mejor forma de demostrar la armonía de su relación.

Había elegido un vestido de boda muy corto, bonito y delicado, además de atrevido, que era justamente lo que deseaba. Quería que la miraran y que la criticaran, que afirmaran que era escandaloso que Xan la hubiera elegido como esposa, porque eso allanaría el camino para su rápido divorcio.

Pero no había previsto la reacción de Xan al verla acercarse a él con un ramo de flores blancas en la mano. La había mirado de arriba abajo como si no se creyera lo que veía. Su mirada se había detenido en sus piernas desnudas. Y,cuando ella le había preguntado, levemente ansiosa, si se le notaban mucho los lunares de los muslos, él le había sonreído de forma extraña al tiempo que negaba con la cabeza y la conducía al coche que los llevaría a el Pireo.

—En absoluto, *agapi mu* —había respondido él con voz ronca.

Ahora, su esposo y ella surcaban las aguas hacia el Peloponeso, porque Xan le había dicho que la mejor manera de ver su hogar por primera vez era desde el mar. ¡Como si aquello fuera una verdadera luna de miel y tratara de impresionarla!

Nunca había montado en yate, solo en ferri, en un viaje memorable a Calais, a los diecisiete años. Pero la elegante embarcación de Xan estaba a años luz del pesado ferri, que se desplazaba por el agua con la gracia de un tractor gigante.

El yate atraía la atención de todos los que pasaban

navegando a su lado, sobre todo con Xan al timón. Se había cambiado el traje de boda por unos vaqueros descoloridos y una camiseta blanca, que contrastaba con su piel aceitunada. Se le marcaban los músculos de los brazos al manejar el timón y la brisa del Egeo le alborotaba el oscuro cabello.

Tamsyn se esforzó en concentrarse en el horizonte para no mirarlo y se dijo que iba a resultarle muy difícil resistirse a su atractivo durante las dos semanas de luna de miel que tenían por delante.

–¡Tamsyn, mira allí!

La voz de Xan interrumpió sus pensamientos y ella siguió la dirección de su mirada. En realidad, no había pensado con qué se encontraría al final del viaje, pero, en aquel momento, entendió lo que significaba la palabra «paraíso».

La casa de Xan estaba situada en una lengua de tierra, rodeada de agua por tres lados. El gran y moderno edificio centelleaba al sol de aquella mañana de primavera. Había otras construcciones en la finca, lo que hizo que Tamsyn se percatara de lo enorme que era.

Fuera se veían mesas y sillas y una larga galería con flores y enredaderas. Al fondo brillaba el agua de la piscina y praderas de césped de color esmeralda que descendían a una playa privada de fina arena blanca.

Tamsyn observó a Xan mientras conducía el yate al pequeño puerto, donde dos pescadores los esperaban. Lo saludaron afectuosamente y lo ayudaron a echar el ancla.

Todavía con los zapatos de tacón de la boda, Tamsyn consintió que su esposo la bajase en brazos a la arena. Y, a pesar de que intentó convencerse de que el gesto era funcional, no emocional, se estremeció cuando él la sostuvo brevemente en sus fuertes brazos. Y se dijo que el hecho de que sintiera deseo no implicaba que fuera a hacer nada para satisfacerlo, aunque fuera difícil no recordar lo bien que se lo habían pasado juntos.

—Vamos a subir a la casa —dijo Xan señalándole unas empinadas escaleras, antes de lanzar una mirada de duda a los zapatos de tacón de ella.

—¿Crees que podrás andar con ellos o prefieres que te lleve en brazos?

—Me las arreglaré.

Él sonrió.

—Estaba seguro de que dirías eso.

Cuando llegaron al final de la escalera, Tamsyn jadeaba ligeramente y Xan la tomó de la mano mientras echaban a andar hacia el césped.

Ella le lanzó una mirada inquisitiva.

—¿Xan? —dijo sin aliento.

—El ama de llaves nos observa desde la casa. Se decepcionaría mucho si le diéramos a entender que no somos una pareja de recién casados tremendamente feliz.

Así que la había tomado de la mano porque el ama de llaves los observaba.

¿Qué se esperaba? ¿Que él, de repente, se hubiera dejado llevar por la emoción? Intentó soltarse, pero él se lo impidió mientras la acariciaba en círculos con el pulgar. Ella se estremeció.

¿Qué le pasaba? ¿Estaba tan necesitada de afecto físico que bastaba una leve caricia para reducirla a ese estado de deseo? Tal vez. O tal vez gestos como aquel, que imitaban una intimidad verdadera, hacían que se diera cuenta de lo que nunca había tenido: una madre que la acunara, un padre que le hiciera el caballito en sus rodillas… Nadie, salvo a Hannah, que la abrazaba sin ganas de vez en cuando, porque era embarazoso hacer mimos a una hermana pequeña.

Se dijo que debía recordar por qué estaba allí y por qué estaba haciendo aquello. No por amor ni por afecto, sino por dinero. Dinero para Hannah, la única persona a la que ella le importaba.

Sin embargo, era fácil olvidarse de la realidad cuando el ama de llaves, que los esperaba en la puerta mientras se acercaban, sonreía llena de alegría con sus viejas manos juntas. Su forma de saludar a Xan la sorprendió, ya que no se esperaba que un magnate consintiera que lo abrazara con fervor una anciana ama de llaves.

Tampoco estaba preparada para el fuerte abrazo que le dio la mujer. Se quedó rígida durante unos segundos, antes de relajarse contra el cuerpo de la anciana. Aprovechó la oportunidad para parpadear y no verter las lágrimas que inexplicablemente le llenaban los ojos.

–Tamsyn, te presento a Manalena –dijo Xan mientras la mujer la soltaba–. Lleva mucho tiempo con la familia.

–*Kalispera* –dijo Manalena sonriendo de oreja a oreja–. Conozco a *kyrios* Xan desde que era un bebé.

Era difícil imaginarse que el imponente Xan hubiera sido un bebé.

–¿Y era bueno? –preguntó Tamsyn sonriendo.

Manalena negó con la cabeza.

–No dormía. De niño, no paraba quieto. Sigue

siendo así, y estoy muy contenta de que, por fin, haya encontrado esposa.

Tamsyn recordó que Xan le había dicho que su compromiso con Sofia no había trascendido, lo cual agradeció, ya que no quería imaginarse a los empleados de Xan considerándola una usurpadora y haciéndole el vacío.

¿Qué pensaría el ama de llaves si supiera la verdad de aquella boda y que Tamsyn no era la amante esposa que esperaba? Se sintió molesta mientras miraba a Xan, al que Manalena hablaba muy deprisa en griego.

–Me acaba de decir que han preparado un desayuno especial para nosotros –tradujo él–. También se ha quejado porque una de mis empleadas ha llegado esta mañana de Atenas y ya la está estorbando.

En ese momento, una elegante y delgada mujer morena salió de la casa hablando por teléfono. Era imposible saber su edad, aunque Tamsyn pensó que tendría treinta y tantos. El cabello negro le enmarcaba el rostro y llevaba pantalones de lino y una blusa color crema. Con su vestido demasiado corto y las flores que comenzaban a marchitarse entre sus rizos, Tamsyn se sintió inferior al compararse con ella, aunque la mujer, después de haber colgado, le sonreía con simpatía.

–Hola. Debes de ser Tamsyn –dijo en un inglés perfecto–. Soy Elena y estoy encantada de conocerte. Enhorabuena.

–Elena es mi secretaria en la oficina de Atenas. Es quien ha supervisado los preparativos de la boda.

–Espero que todo haya estado a vuestro gusto –dijo Elena–. Xan me dio carta blanca para decidir sobre la comida, la bebida y la decoración. Me hubiera puesto en contacto directamente contigo, pero…

–Le dije que estabas ocupada acabando de cerrar cosas en Inglaterra –la interrumpió Xan.

Tamsyn se obligó a sonreír porque, ¿qué podía decir? Había tardado cinco minutos en meter en la maleta sus escasas pertenencias y le hubiera gustado recibir alguna información sobre la fiesta de su boda, en vez de estar sentada sin hacer nada en el lujoso Granchester preguntándose en qué se había metido.

Xan le había dado una tarjeta de crédito para que se comprara un nuevo guardarropa que fuera adecuado para la esposa de un magnate griego. Y aunque ella lo había hecho sin ganas, solo había adquirido lo estrictamente necesario y había guardado todas las facturas para que se incluyeran en la cuenta final cuando llegara el acuerdo de divorcio.

Tal vez Xan hubiera hecho ir a Elena porque temía que su esposa fuera incapaz de elegir un lujoso menú para la fiesta. O tal vez le preocupara que a ella se le escapara la verdadera naturaleza de su idilio, a pesar de que él no estaba haciendo nada para reforzar el falso cuento de hadas. No se comportaba como un hombre apasionado, y ella dudaba que el hecho de haberse tomado de la mano brevemente hubiera convencido al ama de llaves de que su matrimonio era de verdad.

–Te agradezco mucho tu ayuda –le dijo a Elena–. Para empezar, no hablo griego.

–Todavía no –contestó Elena con una sonrisa–. Pero lo harás. Al igual que tu esposo, no es fácil, pero es posible dominarlo.

–Ya te puedes ir despidiendo de tu prima, Elena

–apuntó Xan al tiempo que empujaba suavemente hacia delante a Tamsyn–. Te voy a presentar al resto del personal.

¿El resto del personal? ¿Cuánta gente trabajaba para él? Se quedó intimidada al ver la fila de empleados que esperaban para conocerla. Repitió sus nombres en silencio, antes de decirlos en voz alta, porque le aterrorizaba olvidarlos, aunque se preguntó por qué estaba tan deseosa de agradarlos.

Rhea era la cocinera, Gia, la encargada de la limpieza, Panos, el chófer y Orestes, el jardinero, cuya esposa ayudaba a Gia en caso de necesidad. Tamsyn los saludó utilizando las pocas palabras en griego que había aprendido antes de marcharse de Inglaterra.

Manalena dijo algo en griego y Xan asintió, antes de consultar su reloj.

–El desayuno está casi listo, pero debo hacer un par de llamadas antes. Manalena te mostrará dónde puedes refrescarte. Nos vemos en el comedor dentro de diez minutos.

Tamsyn subió con el ama de llaves al primer piso preguntándose cómo iba Xan a mantener la imagen de un esposo dedicado si ni siquiera se molestaba en enseñarle él mismo dónde estaba el cuarto de baño.

Recorrieron un ancho pasillo hasta que Manalena se detuvo frente a una puerta doble.

–Esta es vuestra habitación –dijo con una nota de orgullo en la voz al tiempo que empujaba las puertas.

Tamsyn entró en una habitación cuyo esplendor la dejó sin aliento. Daba directamente al mar. En la cómoda vio unos gemelos incrustados de zafiros, cuyo color combinaba a la perfección con el de los ojos de su esposo. Era su habitación y, ahora, también la de ella.

Si hubiera pertenecido a cualquier otro, se hubiera acercado a la ventana a contemplar la vista del mar, pero le llamó la atención otra cosa. La colcha de la inmensa cama aparecía cubierta de pétalos de rosa, cuyo esplendor parecía burlarse de ella. Era otro recuerdo de un idilio que no era verdad, se dijo mientras intentaba eliminar el estúpido sentimiento de añoranza que le atenazaba el corazón.

Como no le quedaba más remedio, sonrió a la fiel ama de llaves que la miraba ansiosa, esperando, obviamente, su veredicto sobre la suite.

–Es muy bonita, Manalena. Gracias.

Ella sonrió y asintió.

–Te espero afuera.

Tamsyn se quitó los zapatos y, aunque se hubiera podido tumbar en la cama y tratar de no pensar en lo que llegaría a continuación, optó por refrescarse en el lujoso cuarto de baño. Se quitó las flores marchitas del cabello y se lo cepilló. Miró los zapatos de tacón que se acababa de quitar y decidió no volver a ponérselos. Bajó las escaleras con Manalena. Xan la esperaba en el comedor.

Y Tamsyn se vio impotente ante la oleada de deseo que la invadió. Él seguía llevando la ropa con la que había navegado. Sus ojos se oscurecieron mientras la observaba y el corazón de ella comenzó a latir con fuerza al darse cuenta de que aquel poderoso hombre era ahora su esposo.

Debía controlarse y no dejar que el deseo la debilitase. Tenía que recordar que aquello era un engaño, una transacción comercial.

–No pareces un novio –comentó ella en tono ligero, en un vano intento de rebajar la tensión que se había producido al entrar en el comedor.

Él miró su vestido blanco y sus pies descalzos.

–Tú, en cambio, eres la viva imagen de una novia, *agapi mu*, aunque poco convencional.

–¿No era esa la idea? –preguntó ella con acidez.

Xan no le contestó porque no sabía en qué estaba pensando cuando le había pedido a Tamsyn que se casara con él. ¿Creía que la manipularía fácilmente?, ¿que su humilde posición social y saber que le iba a pagar mucho dinero le proporcionaría a él ventaja?

Sí, era culpable de todos los cargos.

Le indicó que se sentara y arrimó la silla a la mesa. El cabello de ella le rozó la mano, lo cual bastó para excitarlo. No la había creído cuando le dijo que no tendrían relaciones sexuales, pero su distante actitud desde que habían llegado a un acuerdo lo había convencido de que hablaba en serio.

Había intentado convencerse de que no le supondría un gran problema, que tres meses de celibato eran soportables. Lo que no había tenido en cuenta era que seguiría encontrándola fascinante ni que la obstinación de ella actuaría sobre él como una especie de afrodisíaco.

Debería haber elegido como esposa a una mujer que fuera del tipo al que estaba habituado, a una mujer que saltara cuando él chasqueara los dedos e hiciera todo lo que le pidiera con placer y gratitud. Y no a una mujer rebelde que se oponía a todo lo que procedía de él.

Sirvió dos copas de champán y le dio una a ella. Se le secó la boca cuando sus miradas se encontraron. Deseó haber dicho a Manalena que tomarían algo ligero en la terraza de su habitación, para estar a solas con Tamsyn y poner a prueba la fortaleza de su resolución.

Sin embargo, cuando alzó la copa, su expresión no reveló la inquietud que sentía.

—¿Por qué brindamos, Tamsyn?

Ella pareció vacilar durante unos segundos. Miró el burbujeante líquido y tocó la copa de él con la suya.

—Por el dinero, por supuesto —afirmó desafiante—. De eso trata todo esto, ¿no? Del dinero y la tierra.

Había recuperado el descaro y alzado la barbilla desafiándolo, pero, paradójicamente, lo único que consiguió fue que deseara besarla.

Capítulo 9

ESTABA siendo la comida más larga de su vida, pero Tamsyn se hallaba decidida a prolongar aquel desayuno todo lo que pudiera, porque comer y beber retrasaría lo inevitable. La aterrorizaba acompañar a Xan al piso de arriba, a la cama cubierta de pétalos de rosa, así como ceder a las exigencias de su cuerpo traidor y caer en sus brazos.

Era lo único que le faltaba.

Fue probando plato tras plato, todos deliciosos, esforzándose en dar la impresión de que le gustaba mucho la comida que había preparado Rhea. Al final hubo un postre nupcial tradicional llamado *diples*, una masa frita cubierta de miel y trozos de nueces.

Cada plato estaba acompañado de un vino distinto. Ella casi nunca bebía, pero ese día dio algunos sorbos, así que, cuando llegó el vino dulce que acompañaba al postre, se sentía relajada y mejor que nunca.

Miró a Xan, sentado frente a ella, intentando que no le afectara su masculina belleza. Su piel brillaba a la luz del sol y los vaqueros y la camiseta le daban un aire engañosamente tranquilo y relajado. A veces, ella corría el peligro de olvidar que era un multimillonario maniático del control que siempre tenía la última palabra.

Dejó la cucharilla con la que se había tomado el postre y dijo:

–Así que aquí estamos, los señores Constantinides. ¿No te resulta extraño?

Él la miró con un brillo risueño en los ojos.

–Mucho.

–¿Has emitido ya el comunicado a la prensa? ¿Por eso tenías que hablar por teléfono?

–No tengo intención de hablar hoy con la prensa. Lo haré cuando sea necesario. He hablado con mi padre. Y con Sofia.

A ella le dio un vuelco el corazón.

–¿Y?

–Sofia se lo ha tomado mejor de lo que esperaba. Parecía más resignada que contrariada, lo cual es bueno.

–Como te dije, probablemente está contenta de no tener que pasarse la vida contigo.

–Gracias por el voto de confianza, cariño.

Ella quiso decirle que no la mirara con ese brillo risueño en los ojos, porque le gustaba demasiado y la impulsaba a hacer lo que se había prometido que no haría: subir a toda prisa a su habitación y tener relaciones íntimas con él.

–¿Y tu padre?

–Mi padre se lo ha tomado peor. Se ha enfadado, lo que no me sorprende, porque le preocupaba más recuperar la isla que las personas que iban a intervenir en dicha recuperación –se rio con amargura–. Cree que el padre de Sofia se negará a venderme la isla por haber dejado plantada a su hija. Me imagino que dependerá de la reacción de ella, pero es mejor eso que partirle el corazón.

–¿Y si tu padre tiene razón y el de Sofia no quiere vendértela?

–Si Sofia está bien, me la venderá, no te preocupes.

—¿Cómo estás tan seguro?

—Porque todo el mundo tiene un precio —esbozó una sonrisa cínica—. Incluso tú.

Fue un oportuno recordatorio de la insensibilidad de su esposo, pero Tamsyn se obligó a no reaccionar.

—¿Va a venir tu padre a la fiesta nupcial?

—Me ha dicho que no, pero lo conozco y sé que vendrá, aunque solo sea porque estará la crema de la sociedad ateniense e internacional, y detestaría perdérsela.

—Mientras tanto, tenemos que pasar dos semanas de luna de miel —afirmó ella al tiempo que resistía la tentación de morderse las uñas—. ¿No ha sido un añadido innecesario a nuestro falso matrimonio?

—Ya te he dicho que no queremos que parezca una farsa —se recostó en la silla y la miró fijamente—. Y podemos hacer que sea muy fácil o muy difícil.

Tamsyn se preguntó si Xan había perdido el juicio. ¿Acaso no se daba cuenta de que libraba una batalla en su interior, porque, mientras la cabeza le decía que no debía tener sexo con su esposo, el cuerpo la impulsaba en la dirección opuesta? ¿No sabía que cada vez que lo miraba le entraban ganas de acariciarlo?, ¿que por la noche la perseguían los recuerdos de su cuerpo embistiéndola y dándole placer una y otra vez?

Pasó un dedo tembloroso por el borde de la copa mientras buscaba un tema de conversación neutro.

—Manalena me parece un encanto.

—Lo es.

—¿Por qué era ella la que te cuidaba? ¿Trabajaba tu madre?

—No, pero la maternidad la atraía tanto como ser

pobre, y le daba igual quien lo supiera, incluyéndome a mí. Se esforzó mucho en hacerme creer que algunas mujeres no eran maternales y que ella era una de esas.

Lo dijo como si no le importara, pero, a Tamsyn, sus palabras le indicaron que su madre había sido una persona distante desde el punto de vista emocional.

Asintió mientras se preguntaba hasta dónde podría presionarlo, sin detenerse a averiguar por qué quería hacerlo.

—¿Crees que eso es lo que te ha hecho tan…?

—¿Tan qué?

—Tan… no sé. Tan opuesto al amor y al matrimonio.

Él se encogió de hombros.

—Supongo que es lo que diría un psicólogo.

—¿Y fue desgraciada? —preguntó ella, compadeciéndose de él, a pesar de que sabía que no necesitaba su compasión—. Me refiero a tu infancia.

—Bastante. Pero me gustaba la independencia que me proporcionó el no tener una madre que estuviera pendiente de mí. La idea de tener que responder ante alguien a todas las horas del día me horrorizaba. Y lo sigue haciendo.

Sus ojos azul cobalto eran fríos como el hielo.

—En el futuro, en las biografías que se escriban sobre mí se dirá que estuve casado durante un corto periodo de tiempo. Y tú, *agapi mu*, me habrás liberado de las expectativas que la sociedad tiene sobre cualquier hombre rico: que no se realiza hasta encontrar la esposa adecuada. Me habrás hecho un favor enorme, lo cual vale el dinero que voy a pagarte por llevar esa alianza.

Sus palabras burlonas dieron la conversación por terminada, pero ella se quedó pensando que tal vez los dos se parecieran más de lo que se imaginaba, a pesar de la diferencia de estilos de vida.

–¿Y ahora qué? –preguntó ella, consciente de que no podían seguir sentados ante los restos del desayuno todo el día.

Los ojos de él brillaron.

–¿Ahora que has prolongado el desayuno todo lo posible?

–Tenía hambre.

–Claro que sí, *agapi mu*. Por eso te has dedicado a picar un poco con marcada indiferencia y a remover el resto de la comida por el plato. Pero estás pálida, así que te sugiero que te retires a la habitación y duermas un rato.

Sus palabras tenían sentido porque, en efecto, Tamsyn estaba cansada. Pero el recuerdo de la cama cubierta de pétalos de rosa seguía dándole vueltas en la cabeza y sabía que no podía seguir esquivando el asunto.

En Londres le había dicho a Xan que no tendrían relaciones sexuales, pero debía convencerlo de que hablaba en serio. No podían hablar de ello allí, con Manalena asomando la cabeza por la puerta y preguntándoles si querían café.

Xan declinó la oferta y Manalena, sonriendo, se quedó en el umbral de la puerta observándolos. Xan se levantó y rodeó la mesa para tender la mano a Tamsyn, que la agarró. Se dijo que lo hacía por Manalena. Tal vez fuera así, pero no podía negar que le gustaba sentir los fuertes dedos de él rodeando los suyos mientras subían al dormitorio. Desde luego que le gustaba, porque en esos momentos se sentía segura, como si nada pudiera pasarle estando con aquel hombre poderoso y carismático.

Pero solo era una ilusión y ella no era más que una esposa comprada, de la que él se desharía en cuanto le fuera posible.

Se estremeció cuando Xan cerró la puerta de la habitación. Acarició el ramo nupcial, que había dejado en una mesa y miró a su esposo a los ojos.

—¿Dónde voy a dormir?

Él enarcó las cejas.

—A juzgar por la cantidad de pétalos que han echado en la cama, yo diría que aquí.

Ella negó con la cabeza mientras notaba con desagrado un picor repentino en los senos.

—Te dije que no quería tener intimidad contigo, por lo que tiene más sentido que tenga mi propia habitación.

—Pero, si accediera a tus deseos, pondríamos en duda la validez de nuestro matrimonio, lo que echaría por tierra el propósito de que estés aquí.

—Entonces, ¿tenemos que compartir la cama?

—Es muy grande.

—Ya lo veo, pero me da igual lo grande que sea. No quiero…

—¿Qué es lo que no quieres, Tamsyn?

Ella se puso tensa ante el leve tono burlón de sus palabras. ¿Iba a tener que deletreárselo? Y, si tenía que hacerlo, ¿qué más daba? Ya no era la virgen atemorizada que se había entregado a él una noche en el desierto. Xan la conocía como ningún otro. Le había besado los labios y lamido los senos. Le había enseñado cómo le gustaba que lo acariciaran para luego penetrar su anhelante cuerpo. Ella había observado su vulnerabilidad en pleno clímax. Él la había oído gritar su nombre al llegar al borde del abismo.

Era indudable que todo ello le daba derecho a decir lo que pensaba.

—Sexo —afirmó con las mejillas encendidas.

Él se encogió de hombros.

—No es obligatorio que lo tengas conmigo. No voy a exigirte mis derechos conyugales, si es eso lo que te preocupa. Como te he dicho, la cama es muy grande.

—¿Y crees que es posible que estemos tumbados uno al lado del otro y… y…?

Se calló, incapaz de manifestar la confusión de sus sentimientos, a la que se añadía su profunda falta de experiencia. ¿Lo había adivinado él? ¿Por eso la miraba casi con compasión?

—Creo que sí. No será fácil ni, desde luego, agradable, pero la decisión es tuya, Tamsyn. Lo único que tienes que hacer es decir una palabra y tendremos una fantástica luna de miel.

Sus mejillas se encendieron aún más.

—No sé cómo puedes ser tan insensible.

—Y yo no sé por qué estás haciendo un mundo de esto. ¿Crees que cada vez que una pareja tiene sexo, por debajo debe haber un gran sentimiento? ¿No se te ha ocurrido pensar que la satisfacción sexual es uno de los placeres fundamentales de la vida?

De repente, Tamsyn se sintió vacía, decepcionada. Como si él hubiera hecho estallar una burbuja invisible; como si las historias que se contaban las mujeres a sí mismas sobre ser felices y comer perdices fueran, en realidad, un mito.

—¿Y eso es todo? —preguntó en voz baja.

Él volvió a encogerse de hombros.

—También existe la procreación, los hijos, pero eso no va a ser un problema para nosotros, ¿verdad?

—No —contestó ella, al tiempo que, inesperadamente, el corazón se le encogía de dolor—. No va a serlo.

—No te lo tomes como algo personal —le aconsejó él con suavidad—. El sexo no tiene que estar relacionado con el amor.

—Lo sé. Aunque no tenga experiencia, no soy tonta. No busco amor, pero, si lo hiciera, tú serías el último de mi lista de candidatos.

Sus palabras parecían sinceras. Xan esbozó una leve sonrisa porque era una mujer sorprendente. El contacto con su enorme fortuna no había suavizado su determinación de hacer las cosas a su manera ni había aplacado su rebelde naturaleza. Se comportaba como si fuera su igual, lo cual lo excitaba peligrosamente.

Estaba habituado a que las mujeres se sometieran a su voluntad, y que ella no lo hiciera lo afectaba como un potente afrodisíaco. Lo invadió un intenso deseo.

Tamsyn era contradictoria en muchos sentidos. Dura y descarada, pero estaba seguro de haber detectado, a veces, cierta fragilidad bajo su apariencia sardónica. ¿Qué la provocaba?

Miró por una de las ventanas y vio a Orestes cuidando los capullos de una exótica planta. Pensó en las dos semanas que los esperaban y se dio cuenta de que los días de aquella falsa luna de miel serían interminables, a no ser que se le ocurriera algo agradable con lo que matar el tiempo. Y el sexo con su esposa sería una forma deliciosa de hacerlo.

Ella no se había movido de donde estaba. Él le acarició los labios con el dedo y la sintió temblar. Ella cerró los ojos como si intentara luchar contra su propio deseo, lo cual lo excitó aún más, porque no estaba acostumbrado a que las mujeres se resistieran a su atracción por él.

–Me sigues deseando, Tamsyn. A mí me pasa lo mismo. Te deseo con locura.

Vio la incertidumbre en los ojos de ella.

–Nadie niega el deseo, Xan, pero eso no significa que tengamos que hacer algo al respecto.

–¿Por qué no?

–Porque… –se apartó de él–. Está mal tener relaciones sexuales porque sí.

–¿Quién lo dice? ¿Por qué te molesta tanto?

Ella lo miró con los ojos repentinamente brillantes.

–Da igual.

–No da igual. Me interesa saber por qué, en el fondo, estás tan chapada a la antigua.

Tamsyn intentó encogerse de hombros de forma despreocupada sin conseguirlo, ya que era difícil mostrarse indiferente a su pasado mientras él la miraba fijamente.

–No sabía que lo estuviera.

–Un psicólogo te diría que tiene que ver con tus padres y tu educación. Así que vamos a empezar por ahí.

Tamsyn había evitado hablarle de ello. Pero ¿por qué no iba a hablarle de su madre? Esa no era la parte de su vida que había enterrado en un lugar profundo y oscuro al que no se acercaba.

–No recuerdo a mi madre biológica porque yo era un bebé cuando nos dio a Hannah y a mí en adopción. Nadie quería adoptarnos porque éramos muy difíciles. Parece que es normal que los bebés abandonados se transformen en niños problemáticos.

Se encogió de hombros, antes de proseguir.

—Por eso soportamos tanto de nuestros padres de acogida, a pesar de todos sus defectos. El ambiente en la casa era terrible, sobre todo porque mi padre de acogida utilizaba el dinero que necesitábamos para comer para sus juegos de cartas o para invitar a cenar a alguna de sus numerosas amantes. Nos aterrorizaba que nos separaran si nos quejábamos. Y ni Hannah ni yo soportábamos la idea de que llegara a suceder.

Se produjo un silencio durante el que Tamsyn pensó que estaba a punto de contarle todo. Y, en realidad, ¿no deseaba hacerlo?

—¿Qué sabes de tu madre biológica?

Tamsyn tragó saliva. Si se lo contaba, la juzgaría, y no quería que lo hiciera. Eso era lo que habían hecho las niñas de la escuela cuando se enteraron. La habían tomado con ella y la habían acosado. Y la piel dura que había desarrollado había sido la consecuencia.

Hablar de ello reforzaría la certeza de que no había futuro para Xan y ella. Y tal vez evitara que él siguiera sondeándola y lo apartara de lo que de verdad era desagradable.

—Creo que era muy liberal con su cuerpo. Le gustaban mucho los hombres. Y no tenía la precaución de usar anticonceptivos. Hannah y yo somos de padres distintos y parece que tenemos un hermano menor al que no conocemos.

—¿Y tu padre?

—No lo conozco. Y, si no te importa, preferiría no seguir hablando del tema.

El asintió, comprensivo.

—Por supuesto. No me extraña que te aferraras a la virginidad durante tanto tiempo ni que tras tu fachada mordaz lata el corazón de alguien que solo quería ser una niña buena. Pero no tienes que pasarte la vida pagando por los pecados de tu madre, Tamsyn. No debes negarte el placer por el placer.

—¿Te refieres a que debo sacarle provecho a haber perdido la inocencia?

—Es una forma de considerarlo. Si dejaras de ser tan obstinada y pensaras en las posibilidades que se te abren, serías capaz de ver los beneficios.

—¿Qué clase de beneficios?

Él sonrió.

—Para empezar, te enseñaría a disfrutar de tu cuerpo. Te demostraría lo sublime que puede ser el sexo. ¿No te gustaría? ¿No querrías marcharte, cuando nuestro matrimonio haya acabado, sabiendo cómo complacer a un hombre y cómo prefieres que se te complazca?

Tamsyn negó con la cabeza. Odiaba su razonamiento porque parecía que el sexo únicamente era una habilidad que había que aprender. Sus palabras le recordaron que iba a estar allí poco tiempo, que pronto volvería a estar sola, por lo que tenía sentido aferrarse a su autoimpuesto celibato.

Entonces, ¿por qué no conseguía olvidar lo que había sentido al estar desnuda en sus brazos, que la había hecho temblar y gritar de placer? ¿Por qué no se concentraba en lo vacía que se había sentido después, cuando él se había marchado?

—Me parece tan… cruel —musitó.

—¿Ah, sí? —preguntó él mientras se le acercaba.

—Sí.

–Todo lo contrario –afirmó él con voz ronca atra-
yéndola hacia sí–. Yo diría que es todo menos cruel.

El primer beso aplacó su rebeldía y el segundo la
dejó deseando más. Y, cuando él tomó uno de sus
senos en la mano, ella gimió de placer.

No podía resistirse. Sabía que debía negarse, pero
¿cómo hacerlo cuando la sensación era tan maravillosa?, ¿cuando él le estaba deslizando la mano por
la parte interior del muslo?

–Xan –gimió cuando él le introdujo el dedo en las
braguitas y se retorció de placer cuando llegó a su
húmedo centro.

–Te gusta –dijo él con voz ronca.

Ella estaba demasiado excitada para responderle.
Él la tomó en brazos y la llevó a la cama. Le bajó la
cremallera del vestido y lo tiró al suelo antes de tumbarla sobre la colcha cubierta de pétalos.

–Veo que te has puesto ropa interior blanca el día
de tu boda. Qué tradicional.

–Era la única que no se transparentaba debajo del
vestido –contestó ella, desafiante.

Él la acarició por encima de las húmedas braguitas antes de desnudarse. Después le quitó la ropa interior con manos inexplicablemente temblorosas, lo
cual era la primera vez que le sucedía. Al tumbarse al
lado de ella, tuvo que reconocer que se sentía distinto, y esa vez no podía achacarlo a que ella fuera
virgen.

¿Acaso lo había afectado la alegría de sus empleados por su falsa boda, que había eliminado su cinismo habitual y que hacía que lo que sucedía entre
Tamsyn y él le pareciera especialmente intenso?

Ninguna mujer había reaccionado a sus caricias

como ella. Se estremeció cuando la acarició y la besó en el cuello y los senos mientras le introducía un dedo en el centro de su feminidad. Jugó con ella hasta hacer que se retorciera y gritara su nombre, mientras le clavaba las uñas en los hombros. Pensó que iba a hacerlo sangrar, y no le importó.

La penetró y ella, con las piernas enlazadas a su cintura, gritó a cada embestida. Y él pensó que nunca había sentido tanto placer. Nunca. Quería que durara, pero ella estaba ya muy cerca, y él también. Extendió los dedos sobre sus pezones mientras ella empezaba a tener contracciones en torno a él, y su propio clímax le llegó con una fuerza arrolladora.

Y siguió y siguió hasta que se derrumbó sobre el hombro de ella, con los labios contra sus rizos. Tardó un rato en apartarse, pero, en cuanto lo hizo, los dedos de ella se cerraron íntimamente alrededor de él. Y volvió a excitarse.

La penetró por segunda vez y, poco después, ella volvía a gritar su nombre y a retorcerse debajo de él. Después del tercer clímax, él se quedó tumbado acariciándole la cabeza y se dio cuenta de que, durante las dos semanas de la luna de miel, lo único que habría sería Tamsyn y él.

Miró la sonrisa satisfecha de sus labios y oyó el somnoliento suspiro de alegría. Ella se acurrucó más en el hueco de su brazo y Xan sintió de nuevo un intenso deseo… y algo más. Algo que no supo definir.

Tal vez fuera pánico.

Capítulo 10

EL SOL matinal entraba por las ventanas abiertas del dormitorio, pero Tamsyn tenía los ojos fuertemente cerrados y escuchaba la respiración regular de Xan. Debía ordenar sus pensamientos antes de que se despertara, así como volver a colocarse la máscara habitual, porque sabía que, si él llegaba a saber la verdad, su matrimonio de conveniencia se complicaría enormemente.

¿Cómo había sucedido? ¿En qué momento de la luna de miel había empezado a querer a su esposo de un modo que parecía imparable? Volvió la cabeza para ver su cabello alborotado sobre la almohada.

¿Estaba tan necesitada de cariño que se había enamorado de él simplemente porque era evidente que le gustaba tener sexo con ella y se pasaban horas retozando en la cama?

Tragó saliva. No, era más que eso.

Xan podía ser amable. Lo había visto en su forma de tratar a los empleados, pero también lo era con ella. Además, le interesaba saber su opinión acerca de toda clase de cosas sobre las que nadie le había preguntado antes, como la política, los viajes espaciales y el calentamiento global.

Y ella había descubierto lo halagador que resultaba que un hombre de éxito pidiera la opinión a alguien como ella, que carecía de cualquier tipo de cualificación.

En menos de dos semanas de matrimonio, ella había pasado de ser reacia a la compañía de su esposo a disfrutar de cada momento en que estaban juntos. Sin embargo, Xan no tenía ni idea de cómo se sentía, porque se le daba muy bien ocultar sus sentimientos, ya que llevaba toda la vida practicándolo. Aunque tal vez ella lo quisiera, él, desde luego, no la quería. No era parte del trato.

Se dijo con tristeza que ningún hombre la había querido, ni siquiera su padre.

Su matrimonio no estaba destinado a durar. Y cuanto más profundos fueran sus sentimientos hacia él, más dolorosa le resultaría la separación.

Xan abrió los ojos y se estiró bostezando, antes de atraerla hacia su cuerpo desnudo y besarle el cabello.

—¿Qué te gustaría hacer hoy, *sizighos mu*? —deslizó la mano por debajo de la sábana y comenzó a acariciarle un pezón erecto—. Es el último día de nuestra luna de miel.

Tamsyn se mordió el labio inferior. ¡Ojalá no se lo hubiera recordado! Sobre todo porque al día siguiente se celebraría la fiesta posterior a la boda y el padre de él había confirmado que acudiría. A Tamsyn no le apetecía que todos los amigos de Xan le echaran un vistazo y decidieran que no estaba a la altura. La idea de tener que desempeñar el papel de esposa inadecuada la asustaba.

—Podríamos pasar el día en la playa —dijo él mientras le acariciaba el vientre.

—Me parece bien.

–¿Nos llevamos la comida o vamos a un restaurante?

Ella trató de mostrarse entusiasmada.

–Mejor nos la llevamos.

Él sonrió e inclinó la cabeza para besarle el pezón.

–Justo lo que yo pensaba.

Ella se separó de él de mala gana.

–Voy a ducharme.

–¡Eh! –protestó él agarrándola de la cintura–. ¿Qué prisa hay?

Ella le sonrió forzadamente y se soltó. Lo único que le faltaba era otra muestra de compatibilidad que no significaba nada.

–Tengo que hablar con Rhea sobre la comida –dijo mientras saltaba de la cama–. Si no tenemos cuidado, acabaremos pasando el día en la cama.

–¿Y sería un delito? ¿No está la luna de miel para eso?

–Hoy no. Tengo que hablar con Elena de las flores para la fiesta y con Rhea de los canapés, entre otras aburridas cosas.

Se produjo un silencio momentáneo.

–Te has adaptado con mucha rapidez –dijo él con suavidad–. Empiezas a parecer una esposa de verdad.

–Y no es lo que queremos –replicó ella en tono alegre–. No te preocupes, Xan. Mañana habré recuperado mi personaje de niña salvaje: un vestido muy corto, un peinado a lo grande y mucho maquillaje. Seguro que funciona, ¿no crees? Me muero de ganas de ver la reacción de tus amigos y colegas –sonrió forzadamente–. Y ahora, de verdad, tengo que ir a ducharme.

Xan la observó mientras se dirigía al cuarto de baño. Tenía las nalgas más pálidas que las bronceadas piernas. La frustración le calentaba la sangre y estaba excitado.

¿Por qué no había hecho caso omiso del deseo de ella de ayudar con los preparativos de la fiesta?

Tamsyn volvió secándose con una toalla. Después se puso un pequeño bikini amarillo, que cubrió con un vestido verde.

La excitación de él aumentó al verla. Había organizado aquella luna de miel para dar credibilidad a su idilio, con la fiesta al final para indicar la vuelta a la normalidad. Había planeado utilizar esos días para librarse de su deseo, aparentemente inextinguible, por su esposa, antes de que ella desapareciera para siempre de su vida, con el acuerdo de divorcio en la mano.

Pero su deseo de sexo a todas horas lo había atemperado la precaución, porque no estaba habituado a estar en la compañía constante de una mujer. Incluso en sus relaciones más largas, rara vez había estado con su amante más de veinticuatro horas seguidas, porque, para entonces, ya había alcanzado su umbral de aburrimiento.

La idea de pasar catorce días y catorce noches con una persona lo había llenado de pánico. Se imaginaba que al tercer día estaría subiéndose por las paredes. Y había pensado en alegar una visita urgente a su oficina de Atenas como forma de huida.

Pero las cosas no habían salido así. No se había acercado a un ordenador ni una sola vez y no se había sentido atrapado. Resultaba que a Tamsyn le gustaba tener su propio espacio tanto como a él.

Ella se lo había dicho un día, cuando, enfadado por hallarla leyendo un libro en el jardín, le había preguntado en tono ácido si siempre era tan independiente. Ella había contestado que la habían educado así.

Xan frunció el ceño. ¿Acaso era propio de él molestarse porque ella estuviera dispuesta a leerse todas las novelas que se había llevado de Inglaterra?, ¿o porque le hubiera dicho que la enorme piscina era una oportunidad ideal para perfeccionar su forma de nadar? ¿Y la tarde en que él se había quedado dormido bajo un pino y ella se había marchado? Al despertarse, había ido a buscarla y la había encontrado en la cocina, donde Rhea la estaba enseñando a hacer *baklava*.

Esa escena de felicidad doméstica debiera haberlo asustado, pero ella lo había mirado con sus grandes ojos verdes y le había sonreído y, en ese momento, se había sentido su esclavo.

Se levantó con el sombrío pensamiento de que cuanto antes volviera al trabajo, mejor sería. El trabajo y la distancia le permitirían poner en perspectiva aquella locura de matrimonio y ver lo que realmente era.

Desayunaron en la terraza. Después, Xan llevó el yate a una cala protegida, uno de sus lugares preferidos, ya que su inaccesibilidad les garantizaba intimidad. Pasaron la mañana bañándose y buceando en el agua cristalina. A la hora de comer, aunque la comida que Rhea había metido en una nevera portátil tenía un aspecto delicioso, él observó que Tamsyn mostraba la misma falta de interés por ella que él.

—¿No tienes ganas de comer? —preguntó mientras se tumbaba en la arena.

Ella se sentó muy erguida, mirando al mar.

–No.

–¿Pero sí de otra cosa?

Ella carraspeó.

–Más o menos –contestó de mala gana, como si le molestara que lo hubiera notado.

Él sonrió y le acarició la espalda con un dedo, antes de besársela. Después le acarició los senos y vio que ella abría los labios de deseo, que cerró cuando él retiró los dedos de su pezón erecto.

–¿Hay algo que quieras que haga?

–Xan –dijo ella temblando.

–¿No? –preguntó él mientras le quitaba el bikini.

La vista de su cuerpo desnudo al sol le aceleró el pulso. Se quitó el bañador con manos impacientes, le separó las piernas y la penetró. Ella ahogó un grito y elevó las caderas para ir a su encuentro.

Xan no pudo desechar los pensamientos que se le arremolinaban en la cabeza mientras la embestía. Faltaban dos días para que estuviera trabajando en su oficina de Atenas No vería a Tamsyn hasta volver a casa, probablemente no antes de las ocho, porque siempre se quedaba trabajando hasta tarde. ¿Por eso le estaba resultando aquel momento tan conmovedor?

La sensación de que algo terminaba hizo que incrementara la intensidad y el ritmo, por lo que ambos alcanzaron el clímax a la vez. Era la primera vez que sucedía.

Se quedaron tumbados a la sombra de unas rocas. Él creyó que ella se había quedado dormida, pero la oyó suspirar antes de abrir los ojos.

–¿Tan bien ha estado? –preguntó él con somnolienta satisfacción.

–Siempre lo está.

–No sé cómo lo haces –bostezó–. Pero cada vez que te poseo, vuelvo a desearte.

–Es porque sabes que se trata de algo temporal.

–Puede ser.

Tamsyn oyó que comenzaba a respirar más profundamente. Lo miró y vio que se había dormido. Apartó la vista de su magnífico cuerpo y la dirigió al agua de color zafiro y la blanca arena. Su cuerpo se hallaba totalmente saciado tras haber hecho el amor con Xan. Deseó poder atrapar aquel momento y guardarlo en una botella.

Pero no podía.

No podía aferrarse a nada de todo aquello. Se deslizaba entre sus dedos como la fina arena sobre la que se hallaba. Había accedido a un matrimonio de tres meses, pero ahora veía que su decisión de poner un límite temporal a su unión había sido precipitada, insensata incluso.

¿Cómo iba a soportar otras diez semanas fingiendo que sus sentimientos hacia Xan no habían cambiado, cuando se había transformado en plastilina en sus manos al cabo de solo dos semanas?

Parpadeó para evitar las lágrimas que amenazaban con anegarle los ojos. Le habían dicho que era fría y frígida, y se lo había creído porque nadie antes de Xan había conseguido que se derritiera.

¿Cómo no iba a sentirse próxima a un hombre cuando estaba dentro de ella y se miraban a los ojos?, ¿cuando no sabía dónde empezaba uno y terminaba el otro, como si formaran parte del mismo cuerpo? Era entonces cuando la ilusión se deslizaba hasta su cerebro, echaba raíces y hacía que deseara cosas imposibles.

Porque nada de todo aquello era real. Estaban jugando, fingiendo. Las barreras emocionales de su esposo seguían en su sitio, al igual que las de ella, a decir verdad, ya que no le había hablado de su padre.

Tragó saliva. No había hablado de su padre ni siquiera con Hannah, sobre todo después de lo que había pasado.

Si se hubiera enamorado de alguien amable y accesible, tal vez le hubiera abierto su corazón. Sin embargo, Xan no era así. Aunque su forma de hacer el amor la llenara por completo, eso no la hacía obviar la dureza de su carácter.

Se había casado con ella para salir de un apuro.

Y resultaba que era sexualmente compatible con su inadecuada esposa.

Y cuanto más tiempo ella estuviera con él, más vulnerable se volvería su ya dañado corazón.

Capítulo 11

A QUÉ viene esto? –preguntó Xan.
Tamsyn no alzó la vista del espejo inmediatamente. Iba a necesitar su mejor sonrisa para pasar las horas siguientes, así que estaba practicando. Volvió la cabeza lentamente hacia él, estúpidamente satisfecha por el deseo instantáneo que observó en sus ojos. Y no debía sentirse satisfecha, sino distanciarse de aquel carismático multimillonario griego, no regodearse en el poder físico que todavía, aunque fuera increíble, ejercía sobre él.

–¿El qué?

–No hagas como si no supieras de qué hablo. ¿A qué viene ese espectacular cambio de imagen para la fiesta de esta noche?

–¿No podrías ser más específico? ¿Qué tienes que objetar?

A Xan se le secó la boca. No era lo que se esperaba. Su esposa llevaba un vestido blanco, como correspondía a una recién casada después de la luna de miel, pero la prenda distaba mucho del escueto vestido que había llevado el día de la boda y que apenas le cubría el trasero. Era de seda y realzaba cada curva de su maravilloso cuerpo, pero le llegaba a la rodilla. Llevaba el cabello elegantemente recogido, salvo unos mechones que le quedaban sueltos y atraían la atención a su cuello de cisne. Las sandalias plateadas eran el único detalle frívolo, pero tenían cierta clase y estilo.

Era una Tamsyn que él nunca había visto, muy elegante, y todo lo contrario de inadecuada.

–No pareces tú. No eres la pelirroja que conozco.

Ella se sonrojó.

–¿Así que no te gusta?

Él soltó una carcajada.

–Aunque te pusieras un saco, seguiría queriendo quitártelo. Es solo que no sé a qué se debe esta repentina transformación.

–¿No sabes que soy un camaleón? –preguntó ella con ligereza–. Puedo ser lo que los demás quieran. Esta noche he decidido parecer elegante y no llamar la atención.

Él hizo una mueca.

–¿Por alguna razón en concreto?

Ella se encogió de hombros.

–He visto la lista de invitados.

Él enarcó las cejas.

–¿Y?

–Es exactamente como había previsto –alzó la barbilla, desafiante–. Gente rica y bien relacionada, estrellas de cine, un par de políticos, uno de los cuales parece que va a presentarse a las elecciones presidenciales de Estados Unidos.

–¿Qué quieres que te diga? Conozco a Brett desde que íbamos a la universidad. Para mí es alguien con quien jugaba al tenis en Harvard. Te he ofrecido pagar el billete de avión y el hotel a tus amigos, y no has aceptado.

Era cierto que se había negado. ¿Se debía a que la aterrorizaba que alguno de ellos se diera cuenta del engaño y del dolor que iba creciendo en el interior de ella por minutos? ¿O a que estaba dispuesta a mantener a distancia la compasión, su antigua enemiga?

Quería recordar esa noche como un hermoso arcoíris o una bella puesta de sol; algo maravilloso, pero de corta vida.

Su hermana tampoco estaría. Su ocupada agenda se confeccionaba semanas antes y no permitía invitaciones de última hora. Sin embargo, Tamsyn había notado la desaprobación de Hannah en su respuesta, así como su incredulidad ante su matrimonio con Xan. Tamsyn quería haberle escrito para decirle que lo había hecho por ella, pero, de repente, su hermana le había parecido muy lejana.

–Es la gente con la que me relaciono –prosiguió Xan–. Ya lo sabes.

–Sí, pero una cosa es saberlo y otra muy distinta enfrentarse a ellos por primera, y probablemente única, vez. Y eso incluye conocer a tu padre. No quiero convertirme en una especie de espectáculo, la caricatura de una arribista, de la que la gente se ría a sus espaldas. Esta noche no quiero parecer inadecuada. Si lo pareciera, la fiesta sería para mí una prueba aún más dura.

Lanzó un suspiro y concluyó:

–Si quieres que te diga la verdad, empiezo a desear no haber accedido a que se celebrara la fiesta.

Él se rio de forma extraña.

–Que conste que yo también. Y, si no hubiera gente que está viniendo de la otra punta del mundo, me plantearía no celebrarla. Pero no podemos. Tendremos que soportarla y tratar de pasárnoslo lo mejor posible.

La miró con involuntaria admiración.

–Y, para que lo sepas, el vestido es muy bonito. Y pareces una esposa totalmente adecuada.

Tamsyn intentó que no la afectaran sus cumplidos y se estiró el vestido, que había comprado por Internet en una tienda de Atenas y que Elena había ido a buscar el día anterior.

De todos modos, la ropa era irrelevante. Lo único que quería era que terminara esa noche para empezar a pensar en el futuro.

Observó a Xan acercarse a la puerta abierta de la terraza y pensó en lo mucho que iba a echar de menos todo aquello. Y a él. Oyó el entrechocar de copas en la pradera, mientras los camareros las ponían en las bandejas y, a lo lejos, vio las luces de los coches que se acercaban por la carretera de la costa.

Recorrió el cuerpo de su esposo con la mirada intentando grabárselo en la memoria. Le encantaba la forma en que los mechones de cabello oscuro le rozaban el cuello de la camisa, lo que le recordó que él se encontraba igual de a gusto navegando que en una sala de juntas.

Cuando él se volvió, borró de su rostro toda emoción, todo deseo, de modo que pudo mirarlo a los ojos con una fría mirada inquisitiva.

–Vamos –dijo él con brusquedad.

Xan notó la descarga de adrenalina en su interior al tomar a Tamsyn de la mano y conducirla al jardín. Los senderos estaban iluminados por antorchas y de los árboles colgaban luces de colores. La piscina estaba iluminada por luces flotantes, y la fachada de la casa lo estaba en tonos azul y rosa.

Se dijo que era el orgullo que le producía su hermosa casa lo que lo hacía estar tan excitado esa noche. Pero era algo más. Miró a Tamsyn y pensó que nunca la había visto tan guapa. Era la mujer más hermosa que conocía.

Claramente visible a causa del vestido blanco que llevaba, vio a los hombres volverse a mirarla, como había sucedido en el palacio de Kulal. Recordó que entonces solo había sentido un deseo desestabilizador, pero ahora lo que predominaba era la primitiva satisfacción de saber que era suya y solo suya.

Apretó los dientes al pensar que no era así. Solo era suya temporalmente y pronto recuperaría la libertad, porque ese era el plan. Sería libre y otros hombres recibirían los beneficios de la brillante promesa sexual que él había despertado.

Se sintió celoso, aunque los celos no eran lo suyo. Se dijo que se le pasaría pronto, que nunca había dependido de una mujer y que no iba a empezar en aquel momento. Llevaba una buena vida antes de que Tamsyn Wilson entrara en ella como una estrella caprichosa. Y las cosas volverían a ser como antes, cuando se separaran.

Le presentó a varios invitados y ella respondió con un encanto contagioso. Todos querían hablar con ella y lo hizo con una princesa europea y, después, con un sultán que había conocido en la boda de su hermana. Otros príncipes del desierto tomaron parte en la conversación, por lo que pronto se formó un grupo alrededor de ella.

En un momento dado, Tamsyn miró a Xan y él

alzó la copa a modo de saludo burlón, como si quisiera recordarle que su miedo a no encajar había sido infundado. Pero algo en su gesto hizo que los ojos de ella se oscurecieran. Momentos después, ella le susurró que tenía que hablar con Elena y se marchó.

Xan agarró otra copa de champán y miró a su alrededor. Una banda de músicos tocaba música griega tradicional. Vio que Salvatore di Luca acababa de llegar, con la consabida rubia del brazo como un brillante accesorio. Pero no había señal de su padre.

Dio un sorbo de champán. ¿Le preocupaba al viejo que el padre de Sofia se negara a venderle la isla? Eso bastaría para borrar a su hijo de su vida. Sería una exquisita paradoja que una isla codiciada por sus vínculos con los antepasados fuera la causa de que un padre se alejara de su único hijo.

Volvió a mirar a su alrededor buscando en vano a su esposa. No podía quitársela de la cabeza.

Se dijo que solo era sexo. Nada más.

Tamsyn desapareció entre las sombras mientras trataba de ordenar los pensamientos. La fiesta le estaba resultando mucho más fácil de lo que esperaba, pero, de todos modos, le resultaba estresante, por lo que había buscado unos momentos de tranquilidad en el lado menos iluminado de la casa, desde donde se veía toda la finca. Se sentó en un banco y estuvo tentada de quitarse las sandalias, pero no lo hizo porque le costaría mucho volver a ponérselas.

Se recostó en el banco y suspiró. Había sido muy gratificante que los amigos de Xan parecieran verdaderamente contentos de conocerla. ¿Se debía a que se había hecho cargo de su destino, por lo que, por una vez, notaba que encajaba como nunca lo había hecho?

En la boda de Hannah había llevado lujosos vestidos de mala gana, probablemente porque la habían obligado a hacerlo. Pero esa noche disfrutaba del hecho de parecer una esposa de la que Xan pudiera sentirse orgulloso. Se sentía el miembro más reciente de la familia Constantinides, lo cual era peligroso.

A veces, la cautivaba la posibilidad de algo que no sucedería: vivir allí con Xan. Una vida matrimonial como era debido, con hijos y un futuro esplendoroso. ¿Y con amor compartido? Sí, ese era el sueño definitivo.

Sin embargo, no era eso lo que Xan quería. El amor no le interesaba.

Se le hizo un nudo en la garganta al pensar, de repente, en su madre, en los papeles que se habían descubierto después de su muerte. Su madre también había sido una estúpida soñadora, y ¿adónde la había conducido? Esos papeles eran unos estúpidos poemas que había escrito y una carta dirigida a ella, a la hija a la que había abandonado, una carta que Hannah solo le mostró mucho tiempo después, y por la que se enteró de algo que preferiría no haber sabido, algo que durante mucho tiempo había hecho que se sintiera corrompida hasta la médula.

Vio los faros de un coche que se acercaba y se detenía. Se bajó un hombre. Incluso desde la distancia a la que se hallaba, lo reconoció por las fotos que había visto de él. Era Andreas, el padre de Xan. Este avanzó con paso decidido a su encuentro, pero no había que ser un experto en lenguaje corporal para darse cuenta de la frialdad que había entre ambos. Después de estrecharse la mano, se dirigieron a la casa, sin ninguna intención de unirse a la fiesta.

Tamsyn se sentía indecisa. Debía ir a conocerlo. Protegida por las sombras entró en la casa y oyó voces que procedían del despacho de Xan. Tamsyn frunció el ceño. Xan y Andreas hablaban a gritos, hasta que uno de ellos lanzó una maldición.

Ella respiró hondo. Iba a llamar a la puerta cuando oyó que decían su nombre, por lo que se detuvo en seco. Casi deseó que estuvieran hablando en griego para no entender lo que decían, pero Xan le había dicho que, después de haber conseguido la beca para estudiar en Estados Unidos, su padre y él solo hablaban en inglés.

–¿Sabes qué clase de mujer es? –preguntó en tono acusador el padre de Xan–. Cuando me llamaste para decirme que te habías casado con ella, hice que la investigaran y he descubierto que no es nadie, que ni siquiera sabe conservar un empleo. ¡Y en todas las fotos que he visto parece una golfa!

Tamsyn se estremeció mientras esperaba la respuesta de Xan. Sus palabras la conmocionaron hasta tal punto que tuvo que apoyarse en la pared para guardar el equilibrio.

–No es una golfa. Es sincera y decente. No te consiento que hables así de ella. ¿Lo entiendes?

–¿Sabes que su madre era una ramera?, ¿que tuvo hijos de distintos hombres?

–Sí, pero Tamsyn no es como ella. Nunca había tenido ninguna oportunidad, pero ahora le han ofrecido una. No ha recibido educación formal, pero es inteligente. Le gusta leer. Juega con la hija pequeña de Rhea, y la niña cree que es un ángel. Es divertida. Deberías conocerla. Te sorprenderías.

–No voy a negar que es guapa –su padre soltó una risa desagradable–. Pero esa es la razón principal de que esté aquí, ¿verdad? ¿Y has rechazado casarte con una mujer como Sofia por ella? Me han dicho que es buena en la cama. ¿Y qué? Las rameras suelen serlo. Te dan aquello por lo que pagas.

Se oyó un fuerte golpe, que sonó como si estamparan un puño en el escritorio. Tamsyn se dio cuenta de la furiosa respuesta de Xan cuando ya había echado a correr. Y siguió corriendo hasta salir de la casa y ocultarse a la sombra de un pino.

Tenía la frente sudorosa cuando se detuvo y tardó un rato en calmarse lo bastante para pensar con claridad y respirar regularmente, y para que el corazón dejara de latirle como si se le fuera a salir del pecho. Se atusó el cabello con la mano y extrajo un pintalabios de un bolsillo oculto del vestido, que se aplicó a los labios con mano temblorosa. Debía aparentar ante el resto de los invitados que no había pasado nada.

Porque nada había sucedido.

El padre de Xan se había limitado a decir la verdad, y eso que no sabía de la misa la media. Y aunque Xan se había apresurado a defenderla, y el corazón de ella se había derretido levemente ante su defensa, no lo había hecho con emoción, sino como una roca que hubieran esculpido con forma de ser humano.

De repente se dio cuenta de que no podía más. No podía seguir allí fingiendo ser alguien que no era. Si lo hacía, sus sentimientos crecerían en intensidad hasta que estuviera a punto de explotar. Tenía que marcharse sin que Xan supiera lo que había sucedido. Escapar a toda prisa, aunque no esa noche, en que seguiría haciendo el papel que se esperaba de ella: el de la esposa radiante y fiel, el de la afortunada mujer que había atrapado al escurridizo multimillonario griego.

Se tomó una copa de champán antes de volver a la piscina para unirse al resto de los invitados. Charló y se obligó a sonreír mientras la felicitaban. Pero su corazón se llenó de dolor al ver que Xan se le acercaba.

¿La expresión de ella le indicó que había pasado algo? ¿Por eso fruncía el ceño bajo su hermoso cabello oscuro?

–¿Estás bien? –preguntó él.

Podía decirle, desde luego, que había entrado en la casa y había oído a su padre llamarla ramera. Pero si lo hacía le arruinaría la noche. ¿Y para qué? Que al padre de Xan ella no le cayera bien era, sin duda, positivo, ya que estaría encantado cuando su hijo le anunciara que se iban a separar. Cabía incluso la posibilidad de que mejoraran las relaciones entre padre e hijo. No había mal que por bien no viniera, como se solía decir.

«Puedes hacerlo», se dijo con decisión. «Llevas toda la vida fingiendo que todo va bien, que no te importa que otros te juzguen o te menosprecien».

–Sí, estoy bien. ¿Era tu padre el que ha llegado?

–Sí, pero no se ha podido quedar.

–Ah, ¿Estaba…?

–No quiero hablar de él –la interrumpió Xan con impaciencia–. Lo único que quiero es estar a solas contigo.

El corazón estuvo a punto de partírsele al percibir la nota de deseo en su voz, pero le contestó:

–Tenemos invitados, Xan.

–Me dan igual los invitados. Solo hay una cosa que me importa en este momento.

Sonrió mientras sus ojos le transmitían un mensaje sin palabras. Y eso le recordó a ella que Xan era un hombre que siempre conseguía lo que quería, y que lo que quería en ese momento era sexo.

Tamsyn se estremeció cuando le recorrió el brazo con un dedo. Sabía que debía negarse, sobre todo teniendo en cuenta lo que su padre había dicho.

«Te dan aquello por lo que pagas».

Pero había tomado una decisión. No iba a arruinarle la noche siendo negativa. Además, ella lo deseaba tanto como él a ella. Tal vez más.

A diferencia de ella, Xan no sabía que iba a ser la última vez, por lo que sería una locura no aprovechar al máximo cada segundo con él.

–¿A qué esperamos, entonces? –preguntó ella con voz ronca mientras se lanzaba a sus brazos abiertos.

Capítulo 12

QUÉ DICES? –Xan miraba incrédulo al ama de llaves–. ¿Qué quieres decir con que se ha ido?

Apenas prestó atención a la explicación de Manalena mientras entraba a toda prisa en el dormitorio, porque la prueba estaba allí. Abrió las puertas del guardarropa y vio que las prendas más sencillas de Tamsyn habían desaparecido, pero quedaban las más lujosas.

Se le secó la boca al tocar el vestido blanco que había llevado en la fiesta, que él casi había rasgado en su impaciencia por desnudarla la noche anterior. Los libros que aún no había leído ya no formaban un montón en la mesilla ni se veía por ningún sitio el peine blanco con el que por la mañana se peinaba sus indomables rizos.

Pidió a Manalena que lo dejara solo al ver una nota que Tamsyn le había dejado en la almohada. Era corta y concisa. ¿Lo había hecho a propósito? ¿Pretendía burlarse de él por la nota que él le había dejado, hacía tiempo, en un lejano palacio del desierto?

Xan:
He decidido marcharme cuanto antes, sin aburridas despedidas. Seguro que lo entiendes.

*Más abajo encontrarás los detalles de mi cuenta
bancaria. Espero que tu abogado se ponga en contacto conmigo.*
Tamsyn

Miró la nota con incredulidad, como si fuera un
error. Pero no lo era. Allí estaba, una escueta despedida, en la que la única preocupación de ella parecía
ser que le pagara por su corto matrimonio.

Hizo una mueca. Había vuelto a la oficina esa
mañana, reacio a abandonar el calor seductor del
cuerpo de su esposa y la caricia de sus brazos, después de una luna de miel sorprendentemente satis-
factoria. El día se le había hecho muy largo y había
estado a punto de llamarla por teléfono varias veces,
solo para saludarla, pero no era su estilo y no lo había hecho.

Se decía que era normal que la deseara, ya que
habían tenido unas formidables relaciones sexuales
desde el día de la boda y habían estado juntos catorce días con sus respectivas noches.

Elena se había quedado sorprendida cuando le
había dicho que iba a salir temprano. Había conducido a toda velocidad hasta llegar a la finca, donde se
había enterado de que su esposa se había marchado.

Sintió un sabor amargo en la boca. Ella debía de
haber estado preparando en secreto su huida. ¿Desde
cuándo? Había convencido a Manalena para que lla-
mara a un taxi que la llevara a Atenas, supuestamente
para ir de compras, y había tomado un avión a Londres.

¿Se había estado riendo en silencio esa mañana,
cuando sus labios se habían unido a los de él, pen-

sando en la sorpresa que se llevaría? ¿Por eso había deslizado ella la mano entre los muslos de él y había agarrado su masculinidad para guiarla hacia su interior caliente y resbaladizo por última vez?

Se acercó a la ventana, pero la belleza del Egeo no lo conmovió, porque estaba lleno de ira y no entendía lo sucedido. ¿No se merecía que ella le hubiera dicho que iba a romper el acuerdo marchándose antes, que le hubiera dado una explicación?

Se dijo que no debía hacer nada, que debía darse un tiempo para calmarse. Pero mientras lo pensaba ya había descolgado el teléfono para decirle a Elena que le prepararan su jet privado. No sabía lo que le iba a decir a su esposa. Lo único que sabía era que tenía que decirle algo.

Tamsyn miró la fotografía, como si hacerlo la pudiera ayudar. Era el viejo truco de someterse voluntariamente al dolor antes de que otro tuviera la oportunidad de hacerlo, como si así se inmunizara contra él.

Habían sacado la fotografía en la fiesta. No creía que los amigos de Xan se dedicaran a filtrar fotos de acontecimientos sociales, pero había habido muchos empleados contratados para la ocasión, por lo que era posible que alguno de ellos la hubiera hecho.

Debajo de un titular que proclamaba *¡Magnate griego se casa por fin!*, se veía una foto de Xan y ella, que parecía feliz mirándolo. ¿Y Xan? Tamsyn suspiró. Su rostro no dejaba traslucir nada, pero eso la reforzaba en su idea de que había hecho bien huyendo de la finca, porque, de haberse quedado, su amor por él hubiera ido creciendo y se le habría partido el corazón.

¿Aunque no lo estaba ya?

Oyó que llamaban a la puerta en el piso de abajo, pero no se movió. No estaba en su casa. Había tenido la suerte de que su amiga Ellie tuviera una habitación libre y le hubiera dicho que se quedara en ella hasta que encontrara otra cosa.

No se imaginaba volviendo a trabajar de camarera, pero tampoco tenía ganas de matricularse en la universidad para estudiar, a pesar de la fe que Xan tenía en ella. Y lo más absurdo de todo era que, después de haberse casado por el dinero, ahora se mostraba reacia a aceptarlo.

La fría nota que había dejado a Xan solo era una bravuconada destinada a asegurarse de que él acabara por despreciarla y la dejara en paz.

—¡Tamsyn!

Era Ellie. Tamsyn se levantó, cruzó la diminuta habitación y sacó la cabeza por la puerta.

—¿Sí? —gritó.

—Tienes visita.

Tamsyn parpadeó. Nadie, salvo Ellie, sabía que estaba allí. Necesitaba tiempo para lamerse las heridas y recuperarse, aunque, de momento, le pareciera imposible. Se lo había dicho a Hannah por teléfono esforzándose en no sollozar mientras le contaba que su corto matrimonio había acabado. Y era indudable que su hermana, cuyo embarazo ya estaba muy adelantado, no habría tomado impulsivamente un avión para ir a verla.

—¿Quién es?

—Yo, tu esposo.

Tamsyn se agarró al picaporte intentando no reaccionar mientras distinguía la cabeza de Xan, que subía por la escalera. Una oleada de alegría y miedo a la vez hizo que casi se mareara, pero, sobre todo, sintió un intenso deseo al verlo.

Sin embargo, no iba a decírselo, porque sabía que no había vuelta atrás. Podía ser fuerte, desde luego, porque se había pasado la vida tratando de serlo ante la adversidad, pero no lo era lo bastante para soportar estar con un hombre que nunca la querría.

–Xan, ¿qué… qué haces aquí?

–Vamos a hablar en privado –contestó él en tono sombrío al llegar al final de la escalera.

–¿Todo bien? –preguntó Ellie desde abajo.

–Sí –contestó Xan en un tono que no admitía discusión.

Tamsyn ya estaba mareada cuando él llegó al piso superior. Xan le hizo un gesto para que lo dejara entrar en su habitación. Ella se dijo que no tenía que permitírselo. Al fin y al cabo, era su habitación. Podía decirle que se marchara y que solo se pusiera en contacto con ella a través de sus abogados, pero, en su fuero interno, sabía que no lo haría. Y no solo porque no tuviera abogados, sino porque quería regalarse la vista con él por última vez, archivar en la memoria sus fríos ojos azules, su hermoso cuerpo y su sensual boca que tanto placer le había proporcionado.

–¿Y bien, Tamsyn? –dijo él, una vez dentro de la minúscula habitación, después de haber mirado con desprecio la cama y la vista desde la ventana: un callejón lleno de cubos de basura–. ¿Vas a explicarme por qué te marchaste sin decirme nada?

El corazón de ella latía a toda velocidad. Respiró hondo. No iba a explicárselo porque no le debía nada. Nada en absoluto.

–Sabíamos que iba a acabar antes o después –afirmó con despreocupación–. Simplemente, tomé la decisión de que fuera antes. Era un matrimonio falso, concebido para sacarte de un apuro y, en lo que a mí respecta, he cumplido mi parte del trato.

–¿Por qué, Tamsyn?

Ella se encogió de hombros, aunque le daban ganas de llorar al oírle pronunciar su nombre de aquel modo.

–Te oí hablar con tu padre.

Él asintió.

–Entonces, me oirías defenderte.

–Sí, gracias.

Él la miró.

–¿Y eso es todo?

–Sí. No tengo nada más que decir. No sé por qué estás aquí.

–Porque no lo entiendo y necesito hacerlo.

Ella negó con la cabeza.

–No, no necesitas entenderlo, sino que quieres entenderlo, lo que es distinto. Eres rico y poderoso, pero incluso tú debes darte cuenta de que no siempre se consigue lo que se quiere. Así que vete, por favor.

Él negó con la cabeza.

–Hay algo que no me has dicho, Tamsyn.

–¿Y qué si lo hay? No tengo que hacerte partícipe de mis pensamientos, ni siquiera en el caso de que fuéramos una verdadera pareja. No tienes derecho a esperar que te dé explicaciones.

–No estoy de acuerdo. Y no voy a marcharme

hasta que hables conmigo. Quiero la verdad. Creo que me lo debes.

¿Le debía algo por haberla hecho despertar sexualmente o por hacer que se diera cuenta de que podía amar como todo el mundo? Al contemplar su expresión resuelta se dijo que estaba en peligro. Quería dejar de sufrir, pero eso solo sucedería si Xan se marchaba y la dejaba en paz, y no daba muestras de querer hacerlo.

Era evidente que hablaba en serio al decir que solo se quedaría satisfecho con la verdad.

Entonces, ¿debía contárselo y observar su rostro horrorizado al enterarse de la clase de persona con la que se había casado? En ese caso, él se despediría de verdad y ella podría iniciar el largo proceso de olvidarlo. Respiró hondo.

—Le dijiste a tu padre que soy sincera y decente —musitó—. Pero no es cierto. Al menos, no soy sincera.

—¿De qué estás hablando?

«Que no te tiemble la voz. Y, sobre todo, no llores».

—Solo conoces la verdad a medias. Que mi madre era una *groupie*…

—Sí, sí, eso ya lo sabía.

Ella negó con la cabeza. Su resolución de no llorar comenzó a flaquear. Se le llenaron los ojos de lágrimas y vio que Xan se estremecía, como si le resultara un espectáculo desagradable. Probablemente fuera así, ya que no le gustaban las emociones y no estaba acostumbrado a ellas. Tamsyn tampoco, pero, por una vez en su vida, no pudo contener los sollozos.

–Mi padre era una estrella del rock muy famosa. Se llamaba Jonny Trafford.

–¿Jonny Trafford? ¡Vaya! –Xan frunció el ceño–. Pero él…

–No me interesa cuántos discos tienes de él. ¿Quieres saber lo que pasó? –prosiguió ella a toda prisa mientras agitaba la mano para hacerlo callar, dispuesta a contarle los hechos sin adornos, no la versión que todos conocían. Era todo lo que le quedaba de Jonny Trafford: los amargos recuerdos–. Tuvo una aventura de una noche con mi madre. Según su biografía oficial, era algo que hacía con muchas mujeres, a veces con más de una a la vez.

–Tamsyn…

–¡Cállate! –gritó ella mientras las lágrimas le rodaban por las mejillas–. ¿Sabes que mi madre nos entregó en adopción porque éramos un obstáculo para su último amante? Increíble, ¿verdad? Cuando murió, Hannah recibió sus papeles, entre los que había una carta dirigida a mí en la que decía que Jonny Trafford era mi padre. Pero Hannah no me lo dijo inmediatamente.

–¿Por qué?

–Intentaba protegerme, como siempre –Tamsyn se secó las lágrimas con el puño cerrado–. Creía que ya había sufrido bastante y no quería hacerme sufrir más. Así que fue a verlo –se quedó callada.

–Cuéntamelo, Tamsyn.

Las palabras le supieron amargas cuando comenzó a pronunciarlas, pero se obligó a no dejar de mirar al hombre con el que se había casado, por mucho que le doliera y por mucho desagrado que el rostro de él manifestara cuando supiera la verdad

–Para entonces ya era un yonqui sin remedio. Hannah me dijo que no había visto a nadie tan patético, en aquella enorme mansión llena de espejos, alfombras y discos de platino en las paredes. Pero, cuando le habló de mí, me contó que vio una luz en sus ojos. Él le dijo que iba a desintoxicarse, como llevaba años pidiéndole su mánager. Y lo hizo. Fue entonces cuando Hannah me habló de él.

—Pero eso fue bueno, ¿no?

Tamsyn se encogió de hombros.

—Supongo que sí. Se apartó del mundo durante seis semanas, hasta estar limpio, aunque podía escribir cartas. Me escribió diciéndome que estaba deseando conocerme. Recuerdo lo emocionada que estaba. No tenía recuerdos de mi madre, pero ahí estaba la oportunidad de conectar, por fin, con mis raíces. Sé que parece ridículo, pero quería ver si mi padre y yo teníamos la misma nariz o los mismos ojos, o si andábamos igual.

—No me parece ridículo. ¿Qué pasó?

—Quedamos para merendar en un famoso hotel de Londres, pero… —tragó saliva, negó con la cabeza y tardó unos segundos en poder continuar—. No pudo enfrentarse a ello, o tal vez la atracción de la heroína fuera mayor que la idea de conocer a su hija. Estuve sentada en aquel hotel una eternidad, sin apenas dinero para pagar el precio exagerado del té que había pedido. Recuerdo las miradas compasivas de los que me rodeaban, probablemente por el modo en que iba vestida. O tal vez porque pensaran que me habían dado plantón.

Volvió a tragar saliva. Las lágrimas le caían por las mejillas como ríos calientes y sintió un intenso dolor al recordar todo aquello, después de años sin haber querido hacerlo.

–Cuando salí, había anochecido y en los aparatos de televisión de una tienda que había cerca daban un avance de las noticias del telediario. Y la que lo abría era que se había encontrado muerto a Jonny Trafford en la habitación de un hotel con una jeringuilla en el brazo.

–Tamsyn…

–¡No! –lo interrumpió ella con voz temblorosa mientras se sacaba un pañuelo de papel del bolsillo trasero de los vaqueros y se sonaba–. No digas todo eso que te crees obligado a decir. Las palabras no cambiarán nada. Es terrible, pero he llegado a aceptar que ni mi madre ni mi padre me querían, y por eso estoy tan traumatizada. Lo mires como lo mires, no soy la esposa adecuada para ti. Mi falta de idoneidad es mucho más profunda de lo que creías, por lo que es mejor que nos separemos ahora. Así que vete, por favor, y déjame en paz.

Él negó con la cabeza.

–No quiero irme.

–¿Cuándo te va a entrar en la cabeza que me da igual lo que quieras? Te estoy diciendo lo que quiero yo y, como estamos en mi casa, tendrás que hacerme caso.

Pero Xan no se movió. Se produjo un silencio mientras él volvía a contemplar la vista desde la ventana para después mirarla a ella de nuevo, a la mujer con la que se había casado. Le temblaban los labios, tenía las mejillas húmedas y algunos mechones de cabello mojados por las lágrimas. Su expresión era desafiante pero precavida, como si fuera un perro al que llevaran toda la vida apaleando, pero tuviera suficiente coraje para seguirse defendiendo.

Y así era Tamsyn. Y él admiraba ese coraje.

No se esperaba que hubiera otra capa en su trágica vida. No sabía lo profundamente herida que estaba. Se había imaginado que llegaría allí y que, después de cierta resistencia por parte de ella, acabarían teniendo sexo contra la pared, ya que la cama era demasiado pequeña para los dos. Había planeado llevársela a Grecia porque creía que unos meses con su rebelde esposa bastarían para sacársela de la cabeza.

Pero ahora se daba cuenta de que no podía hacerlo. No podía utilizarla como si fuera un juguete, porque sería faltarle al respeto y herirla aún más. ¿No se merecía todo su respeto después de lo que había sufrido?

Se le encogió el corazón al pensar que, si quería que aquello funcionara, iba a tener que dar más de lo que nunca había dado, a tener el valor de abrirse y enfrentarse a sus propios sentimientos, como ella había hecho.

—Sabes que nunca me había sentido antes como me siento contigo.

Ella lo miró con recelo.

—¿De qué estás hablando?

—De ti. De lo distinto que es contigo. Lo ha sido desde el principio, Tamsyn. Eres rebelde y original y más divertida que ninguna otra mujer que conozco. Ahora me doy cuenta de que nos parecemos. A los dos nos rechazaron nuestras madres y no sabemos manifestar amor porque nadie nos lo ha enseñado.

Respiró hondo y prosiguió:

—Pero creo que, juntos, podemos estar bien. No tres meses ni un año, sino para siempre.

—¿Para siempre? —repitió ella, como si ese concepto escapara a su comprensión.

Él asintió.

—No siempre será fácil ni siempre divertido. Habrá buenos y malos momentos, porque mis amigos casados me han dicho que así es la vida de casado. Pero creo que podemos apoyarnos mutuamente si tenemos voluntad de hacerlo.

Observó que la esperanza iluminaba el rostro de ella durante unos segundos, pero pronto fue sustituida por su expresión rebelde.

—No funcionará. Acabará en lágrimas, estoy segura. Así que hazte un favor y aléjate de mí.

Él volvió a negar con la cabeza.

—Lo siento, pero no puedo hacerlo. No vas a sabotear esto por mucho que lo intentes, Tamsyn. Y aunque sigas fulminándome con la mirada y diciéndome que me vaya, seguiré viniendo hasta que me des la respuesta que, en realidad, los dos queremos: que serás mi esposa de verdad.

Ella se mordió el labio inferior con los ojos llenos de lágrimas.

—¿Lo dices en serio? —susurró.

Él se llevó la mano a la izquierda del esternón.

—Te hablo desde el fondo de mi corazón.

Ella se echó a llorar de nuevo, pero sus lágrimas eran distintas e intentaba sonreír. Xan la atrajo hacia sí y la besó con una ternura que él mismo no sabía que poseyera. Se quedaron un rato abrazados, besándose.

Y, poco después, Xan descubrió que la cama era lo bastante grande para lo que estaba pensando.

La desnudó con rapidez y, solo después de haber

vertido en ella su semilla y de que ella hubiera gritado de placer, le pareció que estaba exactamente donde tenía que estar, que todo lo que deseaba estaba allí. Se quedaron tumbados en silencio, satisfechos. Xan le acarició el cabello antes de tomarla por la barbilla para que lo mirara.

—Hay una cosa que quiero saber.

Ella lo miró somnolienta.

—¿Por qué no reclamaste la fortuna de Jonny? Supongo que no lo hiciste, pero podrías haberte convertido en una mujer muy rica.

Ella negó con la cabeza. Incluso Hannah le había dicho que debía intentar obtener algo de Jonny Trafford, pero Tamsyn se había negado.

—Me parecía muy sórdido. Sabía que habría publicidad, una prueba de ADN y una oposición inevitable a mi reclamación. No podía...

—¿No podías enfrentarte a todo eso?

—Exactamente. No merecía la pena. No me habría sometido a una experiencia tan horrible ni por todo el oro del mundo.

Él hizo una mueca.

—Pero estuviste dispuesta a casarte conmigo por dinero.

Ella lo miró a los ojos y se encogió de hombros.

—Para serte sincera, no era para mí. Me preocupaba mi hermana.

Él la miró desconcertado.

—¿Hannah? ¡Pero si está casada con uno de los hombres más ricos del mundo!

Ella asintió.

—En aquel momento, yo no estaba segura de que su matrimonio con el jeque fuera a durar. Me di cuenta de que necesitaba dinero para ayudarla, si decidía marcharse. Por eso lo hice.

Él la abrazó con más fuerza.

–¡Cuánto te quiero, Tamsyn Constantinides! Te quiero porque eres fuerte, valiente y leal. Eres el fuego de mi vida, mi amor, y el mundo sería un lugar muy frío y oscuro sin ti.

Tamsyn tragó saliva, pero todavía quedaba algo por mencionar.

–No importan las razones por las que lo hiciera, Xan, pero me casé contigo por dinero. Toda la vida te han perseguido mujeres que sabían lo rico que eras. Puede que, en el fondo de tu corazón, creas que todas somos unas cazafortunas. No te culpo, Xan. Yo en tu lugar pensaría lo mismo.

Él recorrió sus temblorosos labios con el dedo.

–Muy bien, vamos a solucionar esto de una vez por todas. Voy a hacerte una pregunta, Tamsyn. ¿La responderás con la misma sinceridad que me has demostrado hoy?

Ella lo miró con recelo.

–¿Solo una?

Él la miró a los ojos.

–Solo una. Si no tuviera un centavo, ¿estarías aquí conmigo y estaríamos tumbados en la cama como estamos?

No era una pregunta justa porque Tamsyn no podía responderla con evasivas. Ella asintió mientras volvía a llorar.

–Claro que sí –susurró–. Te quiero por ti mismo, Xan, solo por ti. Lo demás, sencillamente, no importa.

Él le secó las lágrimas a base de besos y, cuando sus mejillas estuvieron secas, centró su atención en la boca. Y el beso que le dio no fue como ningún otro, porque no tenía que ver con el sexo y la posesión, sino con la ternura, la compasión y la verdadera intimidad; con la poderosa confianza que había entre ellos y con un futuro dorado.

Y, por primera vez en su vida, Tamsyn se sintió a salvo.

Epílogo

ES MUY hermosa –musitó Tamsyn ante la vista del sol hundiéndose lentamente en el mar.

–Sí –dijo Xan en voz baja–. Mucho.

Tamsyn lo miró y vio que su esposo no contemplaba el magnífico espectáculo que tenía lugar en el Egeo, sino a ella.

–Xan, me refería a la vista.

–Yo también. La puesta de sol es siempre magnífica en la isla, pero nada comparado con el color de tu cabello, *agapi mu*.

Tamsyn se estremeció de placer ante sus palabras.

–Me debía haber dado cuenta de que me casaba con un poeta.

–Por aquel entonces, había muchas cosas que no sabíamos el uno del otro.

Sus ojos se encontraron.

–Pero ahora las sabemos –afirmó ella.

–Sí.

Estaban cerca de la playa. Detrás de ellos había una pequeña casa de piedra en la que su hijo dormía. Llevaban cuatro días en Prassakri, donde descansaban los restos de los antepasados de Xan.

Habían pasado el tiempo hablando, caminando y enseñando a nadar a su hijo. Habían hecho castillos de arena y explorado la preciosa isla, donde casi nada había cambiado con el paso de los siglos.

Pero habían sido tres años agitados desde la boda.

Al principio, el padre de Sofia se había negado a vender la isla a Xan, pero, al final, había accedido, sobre todo porque se había enterado de que su hija llevaba años enamorada de uno de los trabajadores de la granja y necesitaban dinero para iniciar su vida en común.

Sofia había comido con Tamsyn y Xan en Atenas y les había contado todo.

«Sé que papá no consentirá que me case con Georgiou porque es muy pobre. Por eso me venía muy bien mi largo compromiso contigo, Xan. Era una cortina de humo».

Xan había sonreído y Tamsyn lo había imitado, contenta de que la ruptura no hubiera hecho sufrir a Sofia.

La reconciliación con el padre de Xan se había producido lentamente, impulsada por el hecho de volver a poseer la isla de sus antepasados. Pero el verdadero acercamiento tuvo lugar al nacer el hijo de Tamsyn y Xan. Andreas se había presentado sin avisar en casa de ellos con un tarro de miel, que era una tradición griega. Y con lágrimas en los ojos había contemplado a su nieto recién nacido. Ahora frecuentaba su casa y disfrutaba de la vida familiar que nunca había tenido.

Tamsyn miró el cielo. El sol casi había desaparecido y comenzaban a salir las estrellas.

—Creo que es hora de acostarse, *agapi mu*, ¿no te parece?

Tamsyn, apoyada en su pecho, asintió.

—Sí, vamos.

Todavía era pronto, pero les gustaba acostarse temprano porque de nada disfrutaban tanto como del interminable descubrimiento de sus cuerpos. Subieron al piso de arriba y fueron a ver a su hijo, que dormía tranquilamente con el pulgar en la boca.

—Estaba agotado —dijo Xan.

Ella sonrió al mirar los alborotados rizos oscuros que contrastaban con el blanco de la almohada. Se llamaba Andreas Alexandros Iohannis. Otra tradición griega era llamar al primer hijo varón como su abuelo paterno, pero Xan había sugerido que le pusieran también la versión griega de John.

Al principio, Tamsyn no había sabido cómo tomárselo, pero, después, se había emocionado al ser consciente de que uno no podía negar sus raíces, aunque estas se hubieran marchitado y hubieran muerto.

Nadie sabía que Jonny Trafford era su padre, pero viviría en su hijo. Esperaba que Andreas heredara algo de su indudable talento y que ellos supieran educarlo con el amor suficiente para que lograra vencer sus demonios.

Respiró hondo al mirar a Xan.

—No cometeremos los errores de nuestros padres.

—No —dijo él—. Cometeremos los nuestros, pero intentaremos que sean el menor número posible.

—Sí —asintió ella mientras él la atraía hacia sí.

—Y seremos lo bastante sinceros como para decirle al otro que se está pasando de la raya —la tomó de la barbilla para mirarla a los ojos—. Porque nos queremos y somos totalmente sinceros el uno con el otro. Y nada va a cambiar eso. ¿Entiendes, Tamsyn?

Ella asintió y le acarició la mandíbula.

–Debo de haber sido muy buena en una vida anterior para haber acabado contigo en esta.

Los ojos de él brillaron mientras salían de la habitación del niño.

–Me gusta la idea de que seas buena –murmuró mientras le desataba el *sarong*–. Pero prefiero que seas mala.

–¿En serio? –preguntó ella bajándole la cremallera de los vaqueros–. Entonces haré lo que mi esposo desea.

Y oyó su gruñido de satisfacción al colocarse encima de él a la luz de la luna, mientras el día daba paso a la noche.

Bianca

**De los *flashes* de las cámaras
al fuego de la pasión...**

MÁS ALLÁ DEL ESCÁNDALO

Caitlin Crews

Perseguida por los escándalos, atacada ferozmente por la prensa del corazón y sintiéndose muy vulnerable, Larissa Whitney decidió esconderse de los implacables paparazis en una pequeña y aislada isla. Pero tampoco iba a poder estar sola allí. Cuando menos se lo esperaba, se encontró con Jack Endicott Sutton... Le parecía increíble estar atrapada en esa isla con un hombre con el que había tenido un apasionado romance cinco años antes, un hombre por el que aún sentía una gran atracción y que sabía que la verdad de Larissa era aún más escandalosa que la que destacaban las revistas...

DESEO

Su voz le resultaba familiar, envolvente, sexy.
Pero no podía ser el hombre que amaba
porque Matt Harper había muerto.

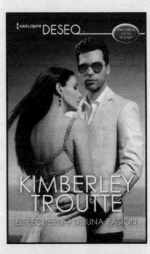

El recuerdo de
una pasión

KIMBERLEY
TROUTTE

Julia Espinoza se había enamorado de Matt Harper a pesar de
su reputación de pirata y del abismo social que los separaba.
Pero había acabado rompiéndole el corazón. Había conseguido
rehacer su vida sin él hasta que apareció un extraño con su mismo aspecto y comportamiento. Después de una aventura de una
noche en la que la verdad había quedado al descubierto, la única
posibilidad de tener una segunda oportunidad era asumiendo
todo lo que los dividía.

Bianca

Lo único que ansiaba él era dejarse llevar por sus más oscuros deseos

Andie Brock
OSCUROS DESEOS DEL JEQUE

OSCUROS DESEOS DEL JEQUE

Andie Brock

La princesa Annalina haría cualquier cosa para poner fin a su matrimonio concertado… ¡incluso dejarse fotografiar en una situación comprometida con un guapo desconocido!

Su hombre misterioso era el príncipe Zahir Zahani… el hermano de su prometido. Y el beso que encendió aquel deseo inesperado en ambos atrapó a Annalina y a Zahir en un compromiso… ¡hasta que la muerte los separara!

Zahir había pagado el precio de confiar en los demás y por eso intentó mantener a Annalina alejada. Pero ella lo desafiaba en todo momento…